ERNEST MENARD.

ROBERT D'ARBRISSEL,

ROMAN HISTORIQUE.

I

PARIS.

L. DESESSART, ÉDITEUR,

22, rue des Grands-Augustins.

1841

ROBERT D'ARBRISSEL.

I

1710.

OUVRAGES DE E. MENARD:

Sous Presse :

Imprimerie de P. BAUDOUIN, rue des Boucheries St-G. 38.

ERNEST MENARD.

ROBERT D'ARBRISSEL

ROMAN HISTORIQUE.

I

PARIS.

L. DESESSART, ÉDITEUR,
22, rue des Grands-Augustins.

1841

ERNEST MENARD.

ROBERT D'ARBRISSEL

ROMAN HISTORIQUE.

I

PARIS.

L. DESESSART, ÉDITEUR,
22, rue des Grands-Augustins.

1841

Au centre des immenses forêts qui formaient, du côté de Craon, les limites de la Bretagne et de l'Anjou, dans une solitude où n'avait encore pénétré que l'aventureux chasseur, entraîné à la poursuite du cerf ou du sanglier, les dernières années du onzième siècle virent de pieux cénobites fonder l'abbaye de la Roë.

Animés du desir fervent de rappeler le christianisme à sa pureté primitive, ils avaient choisi ce lieu retiré pour s'y livrer aux pratiques austères de la pénitence, aguerrir leurs corps par le jeûne et les privations, aux travaux apostoliques; exalter leurs âmes dans la prière et la contemplation sainte des œuvres du tout-puissant. Ces religieux, bien différens de certains moines qui entouraient leur retraite de toutes les vanités mondaines, donnèrent dans cette construction une éclatante preuve de l'humilité chrétienne dont ils étaient pénétrés.

Vingt cellules de six pieds carrés formées de couches de gazon et couvertes de branchages dessinaient deux arcs de cercle placés en face l'un de l'autre. L'espace intermédiaire laissé dans la circonférence était complété par l'église et le réfectoire. Ce dernier bâtiment, qui occupait l'emplacement de dix cellules, était construit avec la même simplicité. La toiture était faite de minces et larges pierres d'ardoises, telles qu'on les trouve abondamment dans le pays, presque à la surface du sol.

Au milieu de ces humbles habitations, annonçant chez les cénobites un renoncement complet

à toutes pensées terrestres, un méprisant oubli
du bien-être et des vanités ; par un admirable
contraste, l'église, symbole de leur foi, élevait
un monument durable de leur piété, comme un
touchant hommage au ciel.

Cet édifice offrait la réunion, fort répandue à
cette époque, du style ogival et de l'architecture
ancienne. Le parement extérieur, en schiste noir,
soigneusement poli, était orné de plusieurs cor-
dons de briques, posées en feuilles de fougère.
Quatre fenêtres en tiers-points, chargées de rin-
ceaux et d'une profusion d'arabesques, étaient
percées de chaque côté. Le clocher, porté à sa base
sur des balustres élégans, s'élançait en une flèche
austère d'une prodigieuse élévation. Le portail,
soutenu par deux colonnes corinthiennes, était
décoré d'une archivolte sculptée, qui s'appuyait
sur deux figures formant la saillie des impostes.
Un fronton triangulaire, encadrant une magnifique
rosace, avait été mis, en l'honneur de la Sainte-
Trinité, au dessus de la grande porte.

Par une belle journée d'hiver, l'enceinte, calme
et silencieuse de l'abbaye de la Roë, retentissait de
chants bizarres, et présentait le spectacle inac-

coutumé d'un banquet joyeux, auquel assistaient
les bons religieux, sans cependant y prendre part.

Six hommes, dans la fleur de l'âge, vêtus de
vieux sayons d'étoffe, serrés par des ceintures de
cuir, fêtaient le repas simple servi devant eux,
avec la gaîté insouciante et le brillant appétit que
possèdent ceux qui, vivant au jour le jour, pui-
sent l'oubli des misères passées dans le bien-être
présent, et s'en munissent, par précaution, contre
tout événement futur.

Leur extérieur, dans ce siècle, où toute classe
de la société portait son cachet spécial, devait exciter l'étonnement. Car, bien qu'entre chacune
d'elles on trouvât des distinctions aussi évidentes
que tranchées, il eut été difficile de préciser nettement à laquelle ils appartenaient. Leurs vêtemens, pauvres et délabrés, étaient semblables,
pour la nature et la forme, à ceux des simples
manans dont ils rappelaient la misère ; mais la vivacité de leurs regards, un maintien digne et
aisé, l'arrangement original de leur chevelure et
de leur barbe, toutes leurs manières, en un mot,
les séparaient tellement de cette classe dégradée,
qu'on les eut pris plutôt pour des fils de riches

bourgeois sous un costume emprunté. Telle n'é-
tait pas cependant leur qualité véritable. Leurs
havre-sacs de peau de chèvre, les frondes de
cuir, attachées à la ceinture, et surtout leurs longs
bâtons, garnis de cuivre et décorés de rubans,
étaient les signes auxquels on reconnaissait alors
les membres du compagnonage, prodigieuse association, dont nous parlerons plus tard, et qui
réunissait, dans une fraternelle union, à l'ombre
de ses mystères, des ouvriers de tous arts et de
tous pays.

Les cénobites, rangés autour de leurs hôtes,
souriaient à leur innocente joie sans porter la
moindre envie aux objets qui l'excitaient. Les
plaisirs des sens avaient perdu toute influence sur
ces hommes qui semblaient être également insensibles à la douleur.

Malgré la rigueur du froid, ils avaient pour unique vêtement un sayon de peau descendant seulement aux genoux et retenu à la taille par un
lien de chanvre brut. Leurs pieds et leurs jambes
restaient sans aucune défense contre l'inclémence
de l'air, les sentiers pierreux et les buissons de
la forêt. On voyait autour de leur cou, les attaches

d'un cilice de crin qui comprimait leur poitrine.
Leur tête, que rien ne protégeait, ne portait pas
la tonsure ; leur barbe et leurs cheveux croisaient
en toute liberté.

Un peu en avant du groupe de cénobites, on remarquait un personnage dont la présence dans cet
asile voué au calme et à la prière, n'était pas
moins surprenante que la scène animée qui s'y
passait en ce moment. C'était un chevalier armé
en équipage de guerre, dont les éperons d'or annonçaient seuls la qualité ; contrairement à la
mode qui s'introduisait alors, il ne portait aucune
armoirie ni devise. Tout son équipement présentait une extrême simplicité ; néanmoins, sous sa
tunique de drap noir, ressemblant à la jaquette
d'un bourgeois, on découvrait une cotte et des bra-
gonnières de maille, dont les anneaux d'acier
bruni formaient un réseau serré, si remarquable
de force et de souplesse qu'on ne savait qu'y
admirer davantage. Ses grèves et ses cuissards n'a-
vaient pas le moindre éclat ; cependant la perfec-
tion de leurs jointures accusait le travail précieux
d'un artiste de Milan. Son armet à visière, sur-
monté en guise de panache, d'une pointe de fer

acérée, avait la forme commune du pot de fer d'un
soudard ; mais, à juger par les marques non équi-
voques que la guerre y avait laissées, la bonté du
métal rachetait avec usure les défauts de la façon.
Son baudrier, de cuir uni, soutenait une longue et
large épée à poignée de fer massif, près d'un poignard effilé que l'on nommait une merci.

Le chevalier portait cet accoutrement avec une
admirable aisance ; sa visière baissée cachait entièrement son visage, mais la vivacité moëlleuse
répandue dans tous ses mouvemens, annonçait
toute la grâce et l'énergie de la jeunesse.

Sa taille était élevée, droite et parfaitement bien
prise. Ses membres musculeux, dont les belles
proportions se devinaient sous l'armure, expli-
quaient pleinement l'habitude où il était de se servir d'un énorme marteau de fer pendu à l'arçon
de sa selle.

Ce chevalier s'entretenait à voix basse avec l'un
des cénobites qui portait sur la poitrine une croix
de buis, pour marque de sa dignité. C'était Robert
d'Arbrissel, leur maître et leur guide spirituel.

L'expression habituelle de sa physionomie respirait la pureté et le calme radieux qui naissent

dans la solitude et se développent par d'ascéti-
ques méditations. Ses traits amaigris, son corps
débilité, chancelant, abattu, montraient les ravages douloureux des jeûnes et des insomnies,
armes puissantes de la pensée contre la matière
indocile. Il semblait que le moindre effort devait
briser cette chair réduite, sur laquelle l'esprit
victorieux avait imprimé si cruellement son triomphe.

Cependant, il y avait dans l'éclat de ses yeux
noirs, un sentiment plus élevé, plus digne, plus
éclairé, que l'adoration égoïste d'un solitaire con-
sumant obscurément sa vie inutile dans les pratiques d'une étroite piété.

Robert avait mortifié ses sens, parce qu'il redoutait en eux les agens habiles du péché, sans
cesse veillant auprès de l'homme, et le provoquant
par les plus séduisantes images. Il avait lutté contre eux pour se soustraire à leur influence perfide,
il les avait asservis. Mais cette victoire ne lui sem-
bla pas par elle-même un acte de sainteté qui
dût glorifier sa vie et être agréable au ciel : elle
n'eut d'importance à ses yeux qu'en ce qu'elle lui
permit d'élever à Dieu un cœur pur, de consacrer

exclusivement sa pensée à l'œuvre qu'il méditait,
sans que les funestes atteintes des passions vins-
sent arrêter sa marche ou l'égarer.

Dans les instans où l'idée de la mission qu'il avait
à remplir le dominait; son corps, aux mouvemens
de l'âme, s'animait de l'énergie puissante dont
elle était inspirée ; son visage flétri prenait un caractère de majesté sainte ; il était fort et imposant !

Sa conversation avec le chevalier, à l'instant où
elle semblait lui offrir le plus d'intérêt, fut inter-
rompue par les compagnons qui se disposaient à
partir.

Robert les embrassa avec une bonté paternelle,
et tous les cénobites, en recevant leurs adieux,
réprimèrent avec peine l'émotion qui les dominait.
Les jeunes ouvriers, le cœur gros de regrets, mirent à la hâte leurs havre-sacs sur leur dos, en-
tonnèrent un chant grave, l'adieu du compagnonage ; et, tandis que les bons pères appelaient sur
leurs têtes les bénédictions du ciel, ils firent trois
fois le tour de l'église qu'ils avaient aidé à bâtir,
puis s'éloignèrent à grands pas sans interrompre
leur chant. Aussi longtemps que les échos de la

forêt répétèrent le bruit de leurs voix, les religieux demeurèrent à genoux, la figure tournée vers la route par laquelle s'éloignaient leurs hôtes, et, quand le silence du désert eut succédé aux derniers sons mourans que la brise avait apportés, ils firent le signe de la croix et se rendirent à leurs cellules, à l'exception de Robert qui rejoignit le chevalier.

Un jeune cénobite, le seul entre tous qui ne portait pas de cilice, privilége qui annonçait son noviciat, avait suivi les compagnons. Dès qu'il fut dans la forêt, il secoua la contrainte qui lui était imposée en présence de ses supérieurs, et marcha à côté des ouvriers, chantant à plein cœur avec eux pendant une lieue environ.

Arrivés à un carrefour où se croisaient plusieurs sentiers, les voyageurs s'arrêtèrent devant une croix qu'on y avait placée pour indiquer aux pèlerins le chemin de l'abbaye. A cette vue, la gaîté du pauvre novice, qu'un moment de liberté avait si fort excitée, fit place à une amère tristesse : cette croix était une limite qu'il ne devait pas franchir, là finissait le territoire de la Roë. Il regarda d'un œil éteint les compagnons dont il allait se séparer, et le chemin qui devait le ramener seul à la sombre demeure où sa jeunesse étouffait. Les ouvriers devinèrent facilement la cause de son émotion.

— Ami Josselin, dit l'un d'eux, vous avez souvent témoigné le desir de voir le monde, par saint Blaise, l'occasion est belle, il faut venir avec nous.

Le novice baissa la tête en faisant un signe négatif.

— Écoutez, reprit un autre, nous sommes aussi bons chrétiens que le ciel peut le desirer ; nous en avons donné la preuve en travaillant près de deux ans à votre église, sans espérer d'autre salaire que la satisfaction d'accomplir un saint devoir. Mais, par l'équerre et le compas! chacun sert Dieu à sa manière! Vous êtes trop jeune, trop éveillé, trop bien bâti, mon luron, pour demeurer à l'abbaye, venez faire un tour avec nous.

— Mon père n'y consentirait pas, répondit tristement Josselin.

— Eh bien! alors passez-vous de la permission, vous n'aurez pas à regretter de lui avoir désobéi.

— Soit dit en toute humilité, comme il convient à un homme de mon état en parlant du véné-

rable Robert, et sans rien diminuer du respect que je lui porte, je crois, dans ma pauvre
opinion, qu'il n'entend pas votre affaire. Il vous
destine à l'Église pensant que vous ferez un saint;
mais vous n'êtes pas d'un grain qu'on peut façon-
ner à sa guise, il n'y a pas en vous de quoi tailler
un bon moine, et vous avez tout ce qu'il faut pour
être un franc compagnon. Encore un an de pratique, et je réponds qu'il n'y aura pas de meilleur
ouvrier que vous dans toutes les *villes du devoir*

— Moi qui l'ai eu pour apprenti, je réponds, foi
d'Alsacien! que s'il veut travailler un an sur mon
échafaud, il faudra remonter au temple de Salomon pour rencontrer son pareil.

— C'est la vérité, il sera l'honneur du métier!
dirent tous les tailleurs de pierre.

Et, voyant que Josselin hésitait encore à les suivre, ils se pressèrent autour de lui, dépeignant
avec enthousiasme les succès et les plaisirs qui
l'attendaient dans le monde : perspective brillante
bien faite pour séduire un esprit moins prévenu
même que ne l'était celui du novice, qui, dans la
contrainte et l'isolement du cloître, avait fait de la
vie mondaine l'objet constant de ses pensées, le

but de tous ses desirs. La tentation était forte,
pressante, impérieuse ; cependant son indécision
n'était pas vaincue, il regardait tour à tour les compagnons desquels semblait dépendre actuellement
la réalisation de ses vagues espérances, et le chemin de l'abbaye où le rappelaient ses devoirs.

Enfin, voulant mettre un terme à cette per-
plexité cruelle qui ne lui laissait plus le libre usage
de sa raison, il se dégagea des bras des compagnons et leur fit signe de s'éloigner.

—Comment, Josselin, êtes-vous venu jusqu'ici
pour retourner sur vos pas? Par saint Blaise! je
me réjouissais déjà de vous présenter aux frères.

—Allons, est-ce dit, faut-il partir? avez-vous
résolu de quitter à jamais le marteau et le tablier?

—Je veux parler à mon père, répondit Josselin
avec hésitation; j'ai des raisons..., n'insistez plus,
mes amis, je ne puis partir maintenant...; plus
tard, peut-être, je vous rejoindrai.

—Eh bien! restez et qu'il n'en soit plus question, dit l'un des ouvriers en se mettant en
route : Dieu est puissant, ses voies sont impénétrables ; peut-être a-t-il l'intention de vous accorder la grâce, on a vu de plus grands miracles et

ce n'est pas à nous de contrarier ses desseins.

Ce discours fit quelque impression sur les compagnons qui, dans l'ardeur du prosélytisme à leur ordre, et la compassion que leur inspirait le sort de Josselin, n'avaient pas songé qu'ils commettaient une faute grave en enlevant à l'Église un homme qui lui était voué. Éclairés par cette réflexion, ils l'embrassèrent affectueusement, et se mirent en route sans l'inviter à les suivre, mais sans rien dire non plus qui pût l'en empêcher.

En les voyant partir, Josselin tressaillit vivement, comme s'il avait voulu s'élancer après eux. Mais ses genoux fléchirent, il s'appuya contre le tronc d'un chêne, pâle et inanimé comme si la mort l'eût frappé. Cette faiblesse dura peu, l'énergie de son âge prit bientôt le dessus, il ouvrit les yeux et regarda autour de lui; ceux qu'il cherchait étaient loin, les sinuosités du sentier les dérobaient à sa vue. Alors il reprit à pas lents le chemin de l'abbaye.

Josselin comptait vingt-quatre ans. Son extérieur dénotait la vigueur et une rare agilité; sa taille était haute, flexible, ses membres avaient atteint les plus heureuses proportions; mais le

genre de vie auquel il s'était livré ne leur avait pas
permis de développer l'élégance qu'ils auraient
pu acquérir, d'où il résultait qu'ils avaient perdu
en grâce ce qu'ils avaient gagné en force. Sa figure
franche et ouverte plaisait au premier abord : il
avait le front large, bombé sur les tempes et déve-
loppé aux sourcils ; son œil noir, enfoncé dans
l'orbite, était brillant et plein de feu ; son nez lé-
gèrement aquilin, s'accordait parfaitement avec
l'expression un peu caustique de la bouche dont
la lèvre supérieure était retroussée vers les coins;
ses traits réguliers et beaux conservant, en dépit
du hâle une certaine délicatesse, exprimaient
dans leur ensemble l'intelligence et la bonté, dé-
veloppées par une sage éducation. L'observateur
exercé y eut découvert aussi les germes de fortes
passions impatientes de se développer; mais elles
étaient cachées sous un vernis épais de timidité
mystique, qui, joint à son air contrit et à son maintien composé, déparaient sa jeunesse, accusaient
la contrainte pénible dans laquelle il avait vécu,
et l'eussent fait reconnaître entre tous les hommes
de son âge pour un oblat nourri à l'ombre de l'autel qu'il était voué à servir.

A moitié chemin du carrefour à l'abbaye, sa marche rapide fut arrêtée par la rencontre de Robert qui s'avançait avec le chevalier, dont la monture fidèle suivait à quelque distance. A l'aspect de l'abbé son agitation disparut, il baissa la tête pour cacher sa rougeur et toute sa personne respira l'humilité monastique.

— D'où viens-tu, mon fils? lui demanda Robert.

— J'ai fait la *conduite* à nos amis les compagnons.

Robert d'Arbrissel parut content de cette réponse, il lui fit signe de demeurer, et, s'adressant au chevalier :

— Permettez-moi de vous quitter, monseigneur, l'heure me rappelle à l'abbaye. — J'espère vous revoir bientôt.

— Pas avant deux semaines, à moins qu'il ne plaise au ciel de m'accorder une réussite inespérée. Ce soir, je me rendrai, comme je vous l'ai promis, chez Renaud de Craon pour le presser de délivrer l'acte de donation du territoire de la Roë. Par la même occasion, j'espère le déterminer à seconder nos projets. De là j'irai voir mon cousin de

Beauveau, les sires de Pouancé et de Candé, et
Robert le Bourguignon, qui ne peut avoir oublié
tout à fait son ancien attachement à mon malheureux oncle Geoffroy, et qui consentira sans doute
à s'intéresser pour lui.

— J'applaudis à vos efforts, je prie le ciel de les
bénir; cependant, vous l'avouerai-je, monseigneur, je n'en espère pas le succès. Vous comptez
sur le concours de ces barons pour la délivrance
de votre oncle; mais votre père est puissant, est-
il croyable qu'ils s'exposent à son courroux en
faveur d'un infortuné qu'ils lui ont eux-mêmes
livré à une époque où l'Anjou ne lui était pas soumis, où votre oncle Geoffroy-le-Barbu avait de
nombreux partisans.

— A l'époque dont vous parlez, mon père était
l'époux d'Hildegarde de Bourbon, il n'avait pas
alors répudié ma sainte mère pour contracter un
scandaleux hymen avec la criminelle Bertrade,
dont le divorce éclatant, suivi d'un nouveau mariage avec Philippe de France, a déversé sur lui
la honte et le mépris. A cette époque, il n'avait pas
encouru les censures ecclésiastiques, il était jeune,
fier et courageux; il gouvernait ses états avec sa-

2

gesse, et ne s'était pas allié à des scélérats tels
qu'Évrault, à qui il laisse exercer leurs brigandages en Anjou, tandis qu'on lui enlève la Saintonge
et le Gatinois. — Le peuple et les barons sont las,
tous appellent une réforme, et je remercie le ciel
de m'avoir suscité pour en être l'instrument.

— Et puissiez-vous réussir, car jamais plus noble cœur n'a entrepris une plus belle tâche. Je sais
que tous les opprimés ont mis leur espoir en vous,
le nombre en est grand, mais la terreur que leur
inspirent les méchans est plus forte que leur courage. Quant aux barons, tenez-vous en garde contre eux, la faiblesse coupable du père convient
mieux à leur ambition que la vertu sévère du fils.
Je crains qu'ils ne vous trahissent.

— J'en courrai le risque, je n'ai pas le choix
des moyens.

Robert leva les yeux au ciel :

— Imprudent, qu'allez-vous faire, pourquoi
n'attendez-vous pas l'arrivée du saint père Urbain ?

— Pourquoi ! répéta le chevalier d'une voix
sourde ; sachez que les murailles épaisses du château de Chinon ne paraissent plus à mon père une

prison assez sûre pour son malheureux frère ! —
Vous frémissez ! laissez-moi donc partir, car il
faut les sauver tous deux.

En achevant, il sauta sur son cheval qui l'em-
porta au galop.

Robert stupéfait de ce qu'il venait d'apprendre,
le vit s'éloigner sans prononcer un mot. Croisant
les bras sur sa poitrine dans l'attitude d'une mé-
ditation profonde, il retourna à l'abbaye, suivi du
jeune novice, qui, surmontant sa retenue habituelle, lui dit avec timidité :

— Mon père, vous n'avez pas répondu hier aux
demandes que je vous ai faites.

Robert leva les yeux sur lui d'un air d'étonnement, et, le regardant un instant, il répondit d'une
voix calme : — Josselin, tu as donc oublié ces paroles de l'ecclésiaste : « Qu'est-il nécessaire à un
« homme de rechercher ce qui est au-dessus de
« lui, lui qui ignore ce qui lui est avantageux en
« sa vie, pendant les jours qu'il est étranger sur
« la terre, et durant le temps qui passe comme
« l'ombre ? »—Lorsqu'une fois déjà tu me fis pres-
sentir les folles pensées que tu m'as exprimées,
je te recommandai de prendre ce verset des

saintes écritures pour sujet de tes méditations.

—Je l'ai fait; j'ai évoqué le souvenir de toutes les instructions que vous m'avez données. J'ai passé des nuits en prières et des journées dans le jeûne et la mortification ; mais hélas, mon père, je rougis de l'avouer, ni les austérités, ni les méditations, n'ont pu étouffer cette curiosité inquiète, ces désirs vagues et incessans qui portent malgré moi mon esprit sur le passé et mes regards vers l'avenir.

— Cette curiosité que t'inspire un coupable orgueil, peut te devenir funeste : repousse-là, mon fils, et reconnais en elle une voie détournée que prend le malin esprit pour pénétrer dans ton âme. Le chrétien ressemble au guerrier qui défend une place assiégée; jour et nuit, et sans repos, il doit se tenir sur la brèche, prêt à déjouer les stratagèmes de l'ennemi ou à lui livrer combat.

—Ces questions ne prennent pas leur source, j'en suis sûr, dans une révolte des sens ; elles m'ont été suggérées par le besoin que j'éprouve de pénétrer le mystère qui entoure mes premières années.

—Il n'en est pas d'autre, mon fils, que dans ton

imagination. Je te l'ai dit souvent, ton père à son heure dernière t'a remis entre mes mains ; Josselin, m'eut-il été possible de mieux justifier sa confiance ? ne me suis-je pas efforcé constamment de te mettre en garde contre les piéges que le démon suscite sur les pas des hommes, en t'enseignant que la vie est une épreuve que Dieu leur fait subir pour juger ceux qui méritent la récompense éternelle.

Josselin ne répondit pas. Robert hâta sa marche, rappelé par le son d'une cloche qui résonna dans la forêt. En entrant à l'abbaye, il s'agenouilla sur les marches de l'église, et le novice, abîmé dans ses réflexions, alla droit au réfectoire.

— Josselin !

— Mon père ! dit le jeune homme en se détournant.

— Quelle douleur t'afflige donc mon fils, que tu passes comme un payen devant le temple du Seigneur ?

Josselin rougit et se jeta à genoux, mais ce fut en vain qu'il chercha le recueillement. L'idée fixe qui lui avait fait commettre la faute dont il s'accusait, ne lui permit pas non plus d'en implorer le pardon. Il balbutia des prières sans élever son âme à Dieu.

Au bout d'un quart d'heure le cénobite se releva.

—Josselin, dit-il, en pressant affectueusement la main du jeune homme : je suis ton supérieur et ton père spirituel ; à ce double titre, tu me dois une entière confiance. Le desir de connaître ceux qui t'ont donné le jour est-il la seule cause du trouble de ton âme ?

— Mon père, répondit-il en baissant les yeux : je songe au passé par inquiétude de l'avenir.

—Pauvre enfant, puisse le ciel te prendre en pitié. Demain, prie notre frère Bernard de t'aider de ses conseils , sa parole est pour le pécheur comme la source salutaire de la régénération.

Ils entrèrent au réfectoire. Tous les cénobites étaient rangés devant une table formée d'un simple tronc d'arbre équarri sur l'une de ses faces. Les bancs placés des deux côtés étaient faits de la même manière. Un épais brouet de différentes herbes cuites à l'eau et sans aucun assaisonnement, composait leur frugal souper.

Le père se rendit au haut de la salle et prononça

le bénédicité, qu'on entendit à genoux. Quand il
fut achevé, le brouet passa successivement devant
chacun des convives, qui, muni d'une cuillère de
bois, mit sa part dans un trou rond pratiqué à la
surface de la table.

— Vénérable père, dit l'un d'eux, notre frère
Vital, qui devait lire ce soir la parole divine, est
souffrant ; qui chargez-vous de ce devoir ?

— Notre jeune frère Alleaume voudrait-il s'en
acquitter ?

Celui-ci fit un signe d'assentiment respectueux,
et, quittant la table, il ouvrit un manuscrit où il
lut d'une voix pénétrée une épître de saint Paul.

Tous les religieux que Robert d'Arbrissel avait
réunis à sa règle sévère, n'étaient pas, comme on
pourrait le croire, d'obscurs manans retirés au
sein des bois par un fanatisme aveugle ; bien loin
de là : peut-être à aucune époque on ne rencontra
dans un monastère une réunion d'hommes aussi
éminens par leur naissance, leurs vertus et leurs
talens. Il nous suffira de nommer Bernard de Ty-
ron, qui fut abbé à Saint-Cyprien de Poitiers, et
plus tard canonisé ; Vital de Mortain, fondateur
de l'abbaye de Savigny ; Raoul de La Fustaie, qui

bâtit celle de Saint-Sulpice ; Robert de Loc-Ronan, qui devint évêque de Quimper ; Giraud de Salles, Hervé, Renaud, Ingelger et plusieurs autres dont la mémoire a été aussi glorieusement conservée dans les annales ecclésiastiques.

Le spectacle qu'offrait cette réunion de cénobites était vraiment prodigieux. Vêtus de dépouilles d'animaux, qui cachaient leurs corps sans le garantir des intempéries de l'air, ils paraissaient insensibles à leurs atteintes ou les souffrir avec joie comme une mortification. Une hutte de terre, ouverte à tous les élémens, et n'ayant pour décoration qu'un grand crucifix de pierre, était le lieu choisi pour leurs délassemens, qui, toujours uniformes, se bornaient à des lectures faites en commun ou à de pieuses conférences. La terre nue leur servait de lit, un brouet d'herbes sauvages formait chaque jour leur nourriture ! et cependant leurs figures graves respiraient une joie douce et une pieuse sérénité. Ils paraissaient heureux de cette vie austère à laquelle ils s'étaient voués ; nul d'entre eux ne regrettait les joies qu'il avait quittées ; leur unique desir à tous était de mériter le ciel, en se préparant dans la retraite et le silence à l'auguste mission qu'ils voulaient remplir.

Le seul qui ignorait le monde, Josselin, était aussi le seul qui le desirait.

A l'issue du souper Robert prononça les grâces ; puis, adressant à ses frères une touchante allocution, il appela sur eux la bénédiction du ciel, et chacun gagna sa cellule.

Une heure après la retraite des cénobites, le silence et la nuit régnaient dans l'abbaye. Une porte s'ouvrit doucement : Josselin avança la tête, et après s'être assuré qu'il ne pouvait être vu, il traversa la cour à pas légers et se rendit vèrs les cellules qui formaient l'aîle opposée.

— Père Renaud dormez-vous ? dit-il en s'arrêtant devant l'une d'elle.

— Entre, mon enfant, lui répondit-on.

Josselin entr'ouvrit la porte et se glissa dans l'intérieur. Il alluma à un charbon une branche de bois résineux préparée à cet effet, et la planta au milieu de la cellule qu'elle remplit bientôt d'une lueur vive et d'un parfum délicat.

Lè père Renaud paraissait le plus âgé des cénobites ; c'était celui aussi dont les manières avaient le plus de distinction. Sa taille était droite, sa dé–

marche assurée ; il y avait sur son visage, enca-
dré de cheveux blancs, une expression de noblesse
et de fierté, que les pratiques sévères de la pénitence n'avaient pas entièrement effacées.

—Père Renaud, dit le jeune homme en s'asseyant devant lui, attendiez-vous ma visite ?

—Ta figure, à dîner, me l'avait annoncée.—Josselin, tu me feras regretter d'avoir tourné devant
toi les feuillets du livre de science. Au reste, tu
n'es pas initié aux derniers secrets de l'art ; si tu
trompais ma confiance, tu aurais lieu de t'en repentir plus que moi. — Où s'est arrêtée ma dernière leçon ?

— Vous m'avez expliqué les preuves et les principes généraux.—C'est cela.—Aristote, le prince
de la philosophie, approuve, t'ai-je dit, la chiromancie dans son livre merveilleux de l'histoire
des animaux. Je t'ai cité ces remarquables paroles
du livre de Job, « qui met comme un sceau sur la
« main de tous les hommes, afin qu'ils connaissent
« leurs œuvres ? » Dieu, qui a placé, au dire des
mires, sur le cœur de l'homme les quatre lignes
principales que nous trouvons dans sa main, savoir:
la ligne de vie, ou du cœur; la saturnale, ou du foie;

la naturelle, ou du cerveau ; et la mensale, ou du corps. Mais je crois t'avoir donné déjà d'assez fortes preuves de la vérité de cette science , je vais passer maintenant aux principes généraux. Lorsque tu seras appelé à juger le caractère d'une personne, à expliquer son passé ou à prévoir son avenir par l'inspection de la main , considère avant tout, sa naissance, son état, et le milieu dans lequel elle est placée ; car tout individu , en venant au monde, reçoit certaines facultés qui sont démontrées clairement par des lignes caractéristiques. Mais l'éducation peut modifier sa nature, des circonstances arrêter le développement de ces facultés ; et si celui-là n'est pas doué d'une intelligence supérieure , ou aidé d'une fermeté inébranlable, l'avenir que ces facultés pronostiquent ne pourra se réaliser. Son activité se fraiera une autre voie, et c'est seulement par l'inspection de ses penchans prédominans qu'on peut augurer sûrement de sa future destinée. Prenons ta main pour exemple, qui offre les quatre lignes principales parfaitement dessinées , le triangle de **Mars** saillant, ce qui dénote un tempéramment belliqueux ; un rameau sortant de la mensale et ten-

dant au doigt moyen sous le mont de Jupiter, indice de l'audace et de la magnanimité. Je n'en
conclurai pas, cependant, que tu dois briller dans
la carrière des armes, mais je prononcerai plus
vraisemblablement que tu deviendras un athlète
éprouvé dans les luttes spirituelles. Ainsi, pour
prédire avec bonheur les futurs contingens, le chiromancien doit considérer plutôt l'esprit de son
art que s'en rapporter à la lettre ; il est nécessaire
aussi qu'il s'éclaire de la physionomie, et il faut enfin qu'il connaisse les mystères sacrés que je te
révélerai un jour.

— Père Renaud, dit Josselin, qui n'avait pas
cessé jusque là de considérer attentivement la pau-
me de sa main, Père Renaud, dit-il en s'appuyant
d'un air caressant sur les genoux du vieillard : ré-
vélez moi les mystères ; je suis prudent, vous le
savez, j'en saurai faire bon usage.

— Tu es trop jeune, mon enfant.

— C'est l'âge d'apprendre, Père Renaud ; d'ailleurs des événemens imprévus peuvent nous séparer.

Le vieillard le regarda fixément.

— Josselin, tu nourris quelque folle pensée :

montre moi ta main. — Je le savais, continua-t-il
après une courte inspection : — Lorsque l'on
trouve une croix joignant les lignes du cœur et du
foie à la naissance de la voie de lait, quelle induc-
tion en tire-t-on?

— Force de bras et orgueil.

—Et quand cette croix devient rouge, demanda
le père avec une nuance de sévérité?

—On en conclut que celui qui la porte doit avancer dans les honneurs.

— Et qu'il est tourmenté du desir de voyager,
pourquoi ne le dis-tu pas? Veux-tu donc tromper
ton maître? Josselin, le vénérable Robert d'Arbrissel en t'élevant loin du monde a fait preuve
d'une grande sagesse. Si tu étais assez abandonné
de Dieu pour te soustraire à son amour et contrarier
ses desseins, tu perdrais le repos, la douce féli-
cité de ton innocence ; tu compromettrais ton salut. Crois-en notre expérience, Josselin, cette vie
est une vallée de larmes, l'homme n'y recueille
que misères et déceptions. Le bonheur que tu rêves est une vaine fumée qui t'échappera quand tu
croiras la saisir. Il n'y a rien de vrai, rien de sta-

ble ici bas que le malheur et l'affliction : notre espérance est là haut.

— Père Renaud, reprit le jeune homme, sur
l'esprit duquel ces remontrances ne parurent pas
faire une grande impression : que signifient ces
deux raies qui se trouvent sur ma ligne de vie devant le mont de Jupiter.

— Je te le dirai plus tard. — M'as-tu entendu,
Josselin?

— Je suis reconnaissant des sages conseils que
vous daignez me donner.

— Mais tu les considères comme les rêveries
d'un vieillard, et ils glissent sur ton âme sans la
pénétrer ! — Laisse-moi continuer ma leçon.

— Père Renaud, permettez-moi une question.
Que signifient des rameaux joignant le grand triangle aux extrémités des lignes de vie et du cerveau?

— C'est encore un signe de ta main, j'ai refusé
de te répondre.

— Cependant si des signes semblables se trouvaient chez d'autres personnes, je serais exposé
faute de les connaître, à commettre de grandes erreurs, je passerais pour un ignorant.

— Rassure-toi ; bien que j'aie jugé à propos de
te cacher quelques secrets, je t'ai mis cependant
à même de marcher de pair avec les plus forts
chiromanciens de l'Occident. L'Egypte seule nour-
rit des savans plus instruits que toi dans notre art.

Josselin dans un mouvement de joie pressa les
genoux du vieillard.

—Bon père Renaud comment vous témoigner
ma reconnaissance !

— En te laissant guider par mes avis, par ceux
du vénérable Robert..... Sache donc bien mon enfant que le bonheur dont nous jouissons ici, est
cent fois plus grand que celui des hommes du
monde réputés les plus heureux.—Allons, écoute,
je vais reprendre.

— Père Renaud , dit le jeune homme d'un
ton à se faire pardonner cette nouvelle interrup-
tion : pourquoi donc me cachez-vous ma destinée ?
ce mystère irrite ma curiosité et lance mon imagination dans toutes sortes d'extravagances.

—Si je refuse de m'expliquer sur certains signes
de ta main, c'est que j'ai, sois en sûr, de graves raisons de le faire. Ton avenir n'est point arrêté ; il
dépendra de circonstances impossibles à prévoir,

parce qu'elles naîtront du développement que prendront les influences sous lesquelles tu es placé. — La ligne du soleil que tu possèdes en entier, semble te promettre distinctions, richesses et réussite complète dans tous tes projets; mais ton ambition susciterait de grands maux à tes proches, et le succès serait promptement suivi pour toi-même de terribles catastrophes..... J'ignore comment tu t'en tirerais..... Peut-être alors comprendrais-tu..... mais c'en est assez. Tu peux apprécier maintenant si j'ai tort de te cacher un avenir nuageux qui pourrait peut-être séduire ta jeunesse, quand tu as tant d'intérêt à demeurer avec nous.

Le feu des regards de Josselin en écoutant le vieux moine, annonçait plus d'exaltation que d'effroi.

— Père Renaud, dit-il, vous avez parlé de mes proches, peut-être suis-je issu d'une noble famille ? En effet, quand la percussion de la main est velue en dehors, cela dénote une noble origine..... Voyez: n'ai-je pas ce signe ? Et puis encore, la ligne mensale rameuse à sa naissance annonce au pauvre l'affluence des biens.

— Et quand ces rameaux ne sont pas étendus, on en conclut que les biens doivent se perdre avant la vieillesse.

— Père Renaud, si vous consentiez à préciser nettement ma destinée, il me semble que je serais mieux à même d'éviter les influences fâcheuses qui me menacent.

— Ne crains rien, je veillerai sur toi.

— Mais serez-vous toujours à l'abbaye de la Roë ? Moi-même ne puis-je pas d'un jour à l'autre suivre mon père dans ses excursions aux ermitages voisins.

— Auprès de lui tu seras toujours en sûreté ; sa prudence m'en est garant.

— Père Renaud, je vous en supplie, révélez-moi ce mystère : je prierai tous les jours pour vous.

— C'est ton devoir, mon enfant. — La nuit s'avance, retire-toi, mon âge a besoin de repos.

— Bon père, pour me tranquilliser, veuillez me fixer un terme ; en l'espérant, je m'armerai de patience.

— Tu le veux : promets-moi jusque là de ne me faire aucune question.

— J'accepte, dit-il en tremblant.

3

— Eh bien, dans deux ans, tu connaîtras ce secret.

— Deux ans ! répéta Josselin ; vous ne me di-
rez pas même auparavant...

— J'ai ta promesse, souviens-toi !

— Et moi la vôtre, père Renaud, reprit-il d'un air
triomphant. Bon père je vous remercie; que Dieu
veille sur votre sommeil.

Il prit à deux mains la tête du vieillard et l'embrassa avec une effusion de cœur, puis éteignant
le flambeau, il sortit avec les mêmes précautions
qu'il avait prises en entrant. Josselin traversa la
cour, il s'arrêta devant la porte de l'église et s'y
jeta à genoux. Après une prière fervente, il entra
dans sa cellule et en sortit bientôt portant un sac
de peau qui renfermait des outils.

— Adieu, mon vénérable père, dit-il d'une voix
oppressée ; adieu, père Renaud, père Bernard, et
vous tous, mes bons frères, qui me portez tant d'affection ! Adieu, ma belle abbaye où j'ai passé de si
beaux jours; je vous quitte peut-être pour bien longtemps ! La destinée m'appelle ailleurs. — J'ai des
bras, je sais travailler; je bâtirai des églises avec nos

braves compagnons. Peut-être, dans mes voyages, découvrirai-je les mystères que me cache le père Renaud. Au moins, je suis sûr de voir se réaliser quelques unes des promesses que me fait la chiromancie..... Et c'est déjà une espérance assez belle ! Un jour, je reviendrai vous embrasser tous, mes bons frères..... Je vous raconterai les choses merveilleuses que j'aurai vues sur ma route. Si je suis riche, je doterai votre abbaye..... — Adieu, le ciel vous bénisse ! Priez-le pour votre Josselin !

En achevant, le jeune cénobite essuya deux larmes qui mouillaient ses joues, et franchissant d'un pied léger l'enceinte de l'abbaye, il s'enfonça dans la forêt.

En ce moment la lune dissipant les nuages épais amoncelés à l'horizon, montra son disque radieux, qui répandit une lueur pure à travers les arbres dont les hautes cîmes mollement agitées par le vent semblaient frissonner d'aise à l'aspect de la reine des nuits. Josselin vit dans cette circonstance un présage de bon augure ; il pensa qu'il dissiperait l'obscurité qui entourait sa naissance, comme l'astre mystérieux était sorti du sein des nuages pour lui prêter sa clarté.

Ainsi le jeune cénobite entra dans la voie nouvelle que lui ouvrait la destinée. Je vous invite à le suivre.

I.

Sur les marches de l'Anjou, aux confins de la
Touraine et du Poitou, existe dans un vallon la
petite ville de Fontevrault. La célèbre abbaye du
même nom, chef-lieu d'un ordre sans égal dont
elle tire son origine, qui compte parmi ses abbesses quatorze filles de sang royal, est aujourd'hui
transformée en maison de détention. A peine re-
trouve-t-on dans les changemens qu'elle a subis.

pour servir à cet emploi, quelques vestiges attestant sa splendeur passée et sa pieuse destination.

Les fresques, les draperies de pierre, les lambris de bois sculptés, les fines colonnettes de marbre, et tout le luxe pompeux dont les puissantes abbesses s'étaient plu à enrichir leur magnifique résidence, tout en un jour a disparu. Les gothiques chapelles, chefs-d'œuvre d'architecture, les salles fastueusement décorées, à côté des cellules austères et des cloîtres silencieux; merveilleux assemblage de pompes royales et d'ascétique abandon, où les travaux de six siècles avaient imprimé leur cachet, où les générations éteintes avaient scellé leur passage, tout a croulé, tout est tombé anéanti sous l'ouragan populaire; et bientôt même le souvenir de la fameuse abbaye fut passé avec les ouvrages que les fières abbesses avaient élevé à leurs noms; si, merveilleux enseignement pour la présomption des hommes, la tradition qui survit seule aux grandeurs et les transmet dans son familier langage, comme une mordante ironie, ne fut pas demeurée debout sur les ruines de Fontevrault, racontant son lustre effacé dans sa hideuse transformation.

Un pâté de bâtimens confusément resserrés
dans une triple enceinte de murailles, règne à la
place de l'abbaye. Des cinq églises, dont l'une
telle que la cathédrale d'une vaste et opulente
cité, dressait au ciel ses flancs massifs et ses clo-
chers élancés, on n'aperçoit plus que l'angle oublié de l'une d'elles ; le reste a été sacrifié aux be-
soins de l'établissement. A l'intérieur, trois cloîtres
subsistent encore. On les a conservés pour les
transformer en préaux ; et sous leurs colonnades
décorées d'architecture, au pied des massifs pi-
lastres semblables à de vieux troncs de chênes que
la foudre a dépouillés, des prisonniers des deux
sexes, rongés d'ennui et dévorés d'étranges passions, tournant incessamment autour de leur loge
de pierre comme les animaux sauvages qu'on voit
dans les ménageries recommencer chaque jour
d'interroger leurs barreaux pour y chercher une
issue, traînent leurs pas lourds et incertains, se
roulent en de furieux transports ou saisis d'une
joie insensée, sur le pavé des galeries, sépulture
des chastes nonnes.

Et cet asile sacré ouvert à d'innocentes vierges
qui, dédaignant les joies du monde se fiançaient

à Jésus-Christ, ce refuge des amères douleurs et des cœurs désenchantés, dont les voûtes sonores, dans un perpétuel ravissement, retentissaient de rians cantiques et de mélodieux accords : ces vieilles murailles, caressées par les voiles flottans et les robes traînantes des saintes filles, témoins de leurs longues prières et des mystiques adorations toutes pleines d'ineffables jouissances : cette magnifique abbaye, qui renferme les tombeaux des rois d'Angleterre Henri II, Richard Cœur-de-Lion, son fils, et de leurs nobles compagnes, est aujourd'hui l'un des fangeux égoûts des vices et des misères sociales, repaire affreux d'abjection où la justice des hommes plonge des malheureux égarés qu'elle en retire corrompus.

Mais, loin de nous, ce tableau d'une triste civilisation; grâce à Dieu! je n'ai point à m'en occuper. Mon récit me ramène à l'époque qui précéda la fondation de l'abbaye.

Une tour de forme remarquable, aux trois quarts enchâssée dans les bâtimens modernes et conservée jusqu'à nos jours comme un jalon historique, existait, à la fin du onzième siècle, à la place où l'abbaye s'est élevée postérieurement,

Elle est appelée tour d'Évrault, du nom de son possesseur, riche seigneur et brigand fameux dont la
tradition a gardé le souvenir.

Son parement, composé de tuf, est dessiné sur
trois plans. Le premier en octogone, le second
carré, et le troisième octogone, correspondant,
par ses angles, au milieu des faces du premier.
Huit colonnes, supportant des contreforts, sont
placées entre des tambours percés de trois petites
fenêtres. La flèche, qui s'élève au sommet, est
terminée par une lanterne formée de huit colonnettes, avec un couronnement à jour. Chaque soir
Évrault y faisait allumer un feu pour attirer le
voyageur égaré.

Cette tour occupait le milieu d'une vaste enceinte de bâtimens sans ouverture à l'intérieur.
Un double rang de palissades avec un large fossé
en défendaient les abords : on n'y pouvait entrer
que par un pont-levis étroit. Une vaste esplanade
s'étendait devant la tour. Au delà était une forêt
qui couvrait toute la contrée.

Dans un sombre après dîner, un chevalier,
équipé de toutes pièces, sortit de la forêt par une
avenue percée en face de la tour. Il traversa la

clairière au galop d'un vigoureux cheval breton ,
et passa le pont-levis, dont deux hommes d'armes
gardaient l'entrée ; descendant à la porte des palissades, sous une voûte basse bordée de montoirs
de pierre, il leur confia son cheval et pénétra dans
l'intérieur.

Un écuyer, décoré d'une chaîne d'argent , prérogative du sénéchal, vint à lui de l'air important
que cette dignité inspirait généralement à ceux qui
la possédaient ; et concluant, de ce qu'il le voyait
sans suite, qu'il était simple chevalier, il lui dit
d'un ton de protection familière :

— Soyez le bien-venu , messire , quelle affaire
vous amène ici ?

— Conduis-moi devant ton maître , répondit
l'autre du ton d'un homme habitué au comman-
dement.

Cette réponse diminua un peu de l'assurance du
sénéchal , qui objecta néanmoins :

— Messire , croyez-moi , attendez l'heure du
souper, mon maître est dans ses mauvais jours.

Et sur un signe impatient de l'étranger :

— A moins toutefois que vous ne soyez trop
pressé... Mais , à vous parler franchement , je ne

me soucie pas de le déranger à cette heure, il est, je crois, avec madame Aremburge.

L'étranger, sans l'écouter, s'avança vers une petite porte gardée par une sentinelle. Une teinte d'effroi se répandit sur la figure du sénéchal qui courut après lui et se plaça devant la porte.

— Diable ! comme vous y allez ! entrer ainsi chez monseigneur ! Il paraît, messire, que vous ne le connaissez pas.

—C'est, au contraire, parce que je le connais, répartit le chevalier, allons laisse-moi, ne crains rien, tu as rempli ton devoir... D'ailleurs, je prends tout sur moi.

—Reste à savoir si vous êtes assez fort pour porter un pareil fardeau, et je n'ai pas envie d'avoir à en prendre ma part. Jacques, empêche-le de passer.

— Par les sept saints de Bretagne ! tu me feras perdre patience ! tiens-tu ton maître en prison, ou faudra-t-il sonner du cor pour sommer Évrault de paraître ?

En disant ces mots, il saisit un olifant suspendu à son baudrier et l'approcha de ses lèvres.

—Puisque vous êtes si décidé, je ne vous ré-

siste plus; c'est votre affaire, vous avez été averti.
Sous quel nom vous annoncer?

—Allan de Porhoët, fils d'Eudon, vicomte de
Rennes.

Le sénéchal s'inclina, et, tirant son bonnet, il
précéda respectueusement l'étranger à travers un
corridor et plusieurs salles jusqu'à un porche de
menuiserie devant lequel il s'arrêta.

— Monseigneur Évrault est ici, faut-il vous introduire, messire, dit-il avec hésitation.

—Il paraît que mon cousin ressemble aux chiens
de Rohan, qui mordent avant d'aboyer, répondit
le chevalier en souriant.

— Ce matin il a étranglé son épervier favori,
moi qui ne suis que son vassal.

— Tu dois, à plus forte raison, redouter un pareil traitement. Rassure-toi, j'affronterai seul son
humeur.

En achevant, Allan de Porhoët leva la visière
de son casque et entra dans une vaste pièce,
qu'une étroite fenêtre, garnie de volets de toile
peinte, préservait d'une obscurité complète sans
l'éclairer tout à fait.

Des troncs d'arbres non entièrement écorcés

servaient de support au plafond, et contribuaient, par leur volume à diminuer son exhaussement qui n'excédait pas huit pieds. Une tenture de couleur sombre était clouée sur les murailles, des lambeaux détachés par le temps et l'humidité, pendaient en différens endroits. La terre battue formait le sol, une natte de joncs le couvrait en grande partie. Deux bàhuts et un prie-Dieu en menuiserie élaborée, composaient l'ameublement avec quelques chaises et des formes.

Évrault était assis devant un chauffoir où brûlait un feu de charbon. Il avait à la main une coupe d'argent de remarquable dimension, qui lui servait à vider le contenu d'une cruche appuyée sur son genou. La teinte pourprée de ses joues et son nez enluminé attestaient le fréquent usage qu'il faisait de cette distraction ; néanmoins sa figure ne portait pas l'expression franche et joviale assez ordinaire chez les buveurs. Tout annonçait qu'en s'adonnant à l'ivresse, il cherchait moins à satisfaire une passion qu'à ressentir l'effet du vin.

C'était un homme de haute taille ayant des membres musculeux ; son ventre et sa poitrine avaient atteint un développement qui eut rendu replet un

homme de moindre stature. Mais cet embonpoint
qui s'accordait parfaitement avec les proportions
d'Évrault, lui donnait, au contraire, une double
apparence de vigueur, que n'avait en rien altéré
cinquante années d'une existence consacrée à tous
les excès.

Sa grosse tête ronde était couverte d'une crinière de cheveux roux en désordre, qui descendant sur son front excessivement bas, se mêlaient
aux longs poils de ses sourcils relevés comme des
moustaches. Sa nuque large, indice de passions
violentes, et la saillie, qui existait au dessus de
ses oreilles, donnaient à son crâne quelque ressemblance avec celui d'une bête de proie ; et l'inspection de sa figure confirmait l'opinion qu'on eut
pris de son caractère en jugeant par ces présomp-
tions.

Il portait un sayon de cuir recouvert d'une ca-
saque de drap. Ses pieds étaient chaussés de souliers à la poulaine, dont l'invention est attribuée
à Foulques-Rechin, le comte d'Anjou, alors régnant.

Auprès d'Évrault était une dame vêtue d'une
longue robe d'étoffe brune, dont la nuance, en dé-

veloppant l'éclatante blancheur de son teint, répondait aussi à l'expression de souffrance em-
preinte sur sa physionomie, et laissait ainsi douter si le choix de cette couleur était chez elle un
calcul de coquetterie ou un reflet de son âme.

On eut été également embarrassé de juger son
âge par ses traits, car les ravages que sa beauté
avait subis était moins le fait des années que celui
de chagrins profonds dont son œil bleu, habituel-
lement levé au ciel, attestait encore la présence.
Cependant on était fondé à croire qu'elle comptait
au moins huit lustres.

Ses cheveux blonds cendrés, nattés avec soin,
descendaient sur ses oreilles. Son cou et ses épaules, d'une irréprochable pureté, étaient voilés à
demi par une guimpe de fine batiste, telle, à peu
près, qu'en portaient les bénédictines réformées.
A l'instant où Allan de Porhoët entrait, Évrault,
penché vers elle, lui appliquait ses lèvres vineu-
ses sur le cou. Son sourire, en recevant ce baiser,
dissimulait le dégoût sous une cruelle résignation.

—Par les sept saints de Bretagne! je m'en veux
d'interrompre un si aimable entretien! Cousin

Évrault, tu es, ma foi, en merveilleuse compagnie! une cruche pleine et une belle femme, c'est
le paradis sur la terre!

Au bruit de la porte, Evrault fit un geste comme
s'il allait lancer sa cruche à la tête de l'arrivant,
mais, reconnaissant Allan, il courut à sa rencontre avec la joie d'un boule dogue qui va au devant
d'un os.

— Sang du diable! c'est toi, mon compère! je
veux mourir aussitôt si je m'attendais à te voir.
Çà, bois un coup, c'est du bon, du crû des moines, entends-tu; il n'en vient jamais d'autre ici.

Allan, sans se faire prier, avala d'un trait une
pleine coupe d'un vin clair et pétillant.

— Le bon vin, dit-il, en faisant claquer sa langue à la façon des gourmets.

— C'est un peu meilleur que ton cidre de Bretagne, n'est-ce pas, messire mon cousin? Moi, j'y
suis fait, je me souviens du goût, mais, du diable,
si je le sens; je bois cela comme de l'eau claire.

Tandis qu'il parlait, Allan avait salué la dame
dont les joues, pâles à sa vue, s'étaient couvertes
de pourpre. Elle demeurait muette et immobile
devant lui, en proie à une agitation qu'elle s'ef-

forçait de réprimer sans pouvoir y parvenir.

—Eh bien! Aremburge, n'as-tu rien à dire au cousin? Sang du diable! est-ce ainsi qu'on doit recevoir un parent!

—Mon cousin, balbutia-t-elle, la surprise que m'a causé votre arrivée inattendue m'a seule empêchée de vous exprimer plus tôt le plaisir que j'ai à vous voir.

—Allons, c'est assez, tu diras le reste plus tard. Ces femelles n'en finissent plus quand elles commencent à parler.— Allan, quelle affaire t'amène, car j'imagine que ce n'est pas uniquement le désir de me faire visite, tu es trop occupé chez toi.

Le chevalier fit un mouvement d'épaules et répondit d'un air sombre :

— Évrault, ton père est mort d'un coup de lance en plein corps avant que tu visses le jour ; j'ai quarante-cinq ans passés et le mien est encore vivant! Tu es né chanceux, mon cousin, le ciel, devançant tes vœux, t'a accordé une faveur que j'implore depuis bien longtemps!

— Cousin Allan, répondit l'autre avec une horrible grimace, si le ciel ne m'eut pas fait cette fa-

4

veur, le diable me l'aurait accordée. — Et comment va le vieil Eudon ?

— Il ressemble à un nautonier qui a perdu la tramontane, l'âge, l'enfer et les moines lui ont bouleversé l'esprit. — Tu m'as demandé, cousin, le motif de ma visite, je me hâte de te l'expliquer, car j'oublie qu'Allan de Porhoët est chargé aujourd'hui de l'office d'un écuyer... Mon père l'a voulu ainsi. — Sur la nouvelle du voyage de sa Dignité en Anjou, en dépit de nos remontrances, il s'est obstiné à partir dans l'espoir d'obtenir la rémission de ses péchés. Si le pape les estime seulement un denier d'argent chacun, il y aura, jour de Dieu ! un vide effrayant dans nos coffres ! Enfin, ayant appris ce matin qu'Urbain devait passer par ici, il a voulu absolument le rencontrer sur la route pour l'accompagner à Angers. C'est pourquoi j'ai pris les devants par son ordre, afin de t'annoncer l'arrivée du comte Eudon, qui aura lieu dans une heure.

— Il sera le bien-venu, le fanal d'Évrault n'est pas allumé pour lui. — Tes deux frères l'accompagnent-ils ?

— L'aîné, depuis longtemps est atteint du mal

de saint Meen (1) qui l'emportera avant peu; Geoffroy, en homme prudent, est demeuré auprès de
lui attendant sa guérison ou sa mort.

— Et toi qui n'as pas grand chose à espérer de
ce côté, tu escortes le bonhomme par le même
motif qui retient Geoffroy en Bretagne.

— Ma cousine, vous défaillez, dit Allan, qui s'a-
vança pour soutenir la dame d'Évrault dont la tête
était renversée sur l'accoudoir de son siége.

— Ce n'est rien, je vous remercie, murmura-
t-elle en faisant un effort pour se relever. — Oh,
mon Dieu! assistez-moi! vais-je donc encore être
condamnée à le voir! Je croyais ce supplice fini.

— Aremburge! cria son mari en lui secouant le
bras avec toute sa brutalité, qu'elle mouche te pi-
que à présent? Le moment n'est pas bien choisi!
marche, que tout soit prêt à l'arrivée du comte
Eudon, ou je me charge du reste. Tu m'entends
bien, dame Aremburge.

Elle s'arrêta comme si l'indignation que lui causait cette menace voulait se manifester par un acte

_____

(1) Sorte de galle qui exerçait de grands ravages en Bretagne;
on n'espérait d'en guérir, qu'en faisant un pélerinage aux sept
saints bretons.

de révolte. Mais, façonnée au joug de fer que le
châtelain faisait peser sur tous ceux qu'il dominait,
et instruite, sans doute, par de cruelles expérien-
ces de la nécessité d'une complète obéissance,
elle courba la tête et quitta l'appartement.

Évrault et Allan la suivirent, le premier conduisit son hôte jusqu'à l'entrée du pont-levis où
l'attendait son cheval.

— Ainsi, ton bonhomme de père s'est mis en
route à dessein de baiser le soulier du pape, il
faut que la vieillesse l'ait diablement converti, car
j'ai connu sa conscience aussi large que la manche
d'un moine. — Cousin, ajouta-t-il en appuyant sa
main sur le bras du chevalier, il paraît que le bon
sens déserte promptement la place que la vigueur
a évacuée. J'ai quelquefois peur de tomber aussi
dans le froc, je voudrais avoir un fils qui m'em-
pêchât de vieillir. Lorsque tu es arrivé j'étais en
train de noyer au fond d'une cruche de sottes pensées que ton père a réveillées.

Allan le regarda avec étonnement, un léger sourire se montra sur ses lèvres.

— C'est pourtant vrai! qui l'aurait cru ! le diable
m'emporte, j'ai été ensorcelé par quelques tondus

de moines qui convoitent l'un de mes fiefs! mais,
patience, avant qu'il n'ait endossé l'habit d'un bé-
nédictin, Évrault vous plumera de rechef.—Allan,
tu vas bien rire quand tu sauras le bon tour que
j'ai joué aujourd'hui à ma conscience et à l'église.
Sais-tu comment je m'y suis pris pour dissiper les
pensées qui m'obsédaient ce matin.

— Ne m'as-tu pas dit que tu les avais noyées?

— J'ai bu pour chasser le reste et m'allumer en
gaîté; mais auparavant j'ai fait quelque chose de
mieux, un-coup de tête de ma façon! Allan, j'ai
dépêché quelques dizaines de mécréans à la rencontre du saint Père.

— Est-il possible! s'écria le chevalier avec un
mouvement de stupéfaction et d'horreur.

— Mon cousin, je ne m'étonne pas que tu sois
encore en servage, tu as des scrupules d'enfant,
répliqua Évrault d'un ton de dédain bienveillant;
je suis fâché que tu n'aies pas vécu un an à l'ombre de ma tour, tu te serais formé la main. — Au
surplus, tranquillise-toi, j'ai donné ordre de res-
pecter sa dignité, les bagages seuls souffriront.—
Cousin Allan, poursuivit-il avec une ironie excitée par l'émotion du chevalier, ne penses-tu pas

que Jésus-Christ m'a choisi, indigne pécheur,
pour donner cette leçon au pape ; pour moi, je
suis convaincu que j'ai été éclairé par une lueur
de l'Esprit saint. Si le chef de l'Église imitait
l'exemple de pauvreté que lui a donné notre divin
Rédempteur, entrant à Jérusalem monté sur un
âne d'emprunt, il n'exposerait pas les enfans de
saint Nicolas à de trop fortes tentations, ni sa personne aux dangers d'un coup de main. — N'ai-je
pas raison, beau chevalier?

— Certainement, tu as bien fait, répartit Allan,
préférant tout approuver que d'encourir une seconde fois les railleries de son parent.—Évrault,
quelles sont ces dames qui nous regardent du rempart?

— L'une est ma fille Adelaïs.

— Et l'autre, si je puis juger d'ici, elle est d'une
beauté accomplie?

—Je te dirai cela plus tard, elle m'a prié de taire
son nom. — Cousin Allan, ajouta-t-il avec un accent moqueur, c'est en vain que tu jettes les yeux
sur elle en te dressant comme un héron, ce mor-
ceau-là n'est pas destiné pour ta bouche, c'est un
mets royal, mon garçon.

Tout en parlant, il présenta l'étrier à Allan,
comme s'il voulait couper court à ses questions,
en l'invitant à partir, et celui-ci rappelé au souvenir
de sa mission, s'éloigna bientôt rapidement.

II.

Les deux dames qu'Allan avait remarquées
étaient assises sur le parapet du rempart élevé au
dessus des palissades. Un personnage vêtu d'un
costume bizarre, rappelant le genre oriental, chantait devant elles en s'accompagnant d'une man-
dore. Les paroles qu'il récitait étaient en langue
d'Oc, dialecte poétique du temps, le rythme vif et
cadencé semblait emprunté des Maures, dont cet
homme avait tous les traits.

Il était de moyenne taille et d'une excessive maigreur. Ses membres longs et grêles , disproportionnés au tronc, dénotaient une certaine force et beaucoup de légèreté. Ses vêtemens somptueux étaient composés en entier de brocard et de velours. Il portait à sa ceinture brochée d'argent, un poignard recourbé et une petite épée fort mince, dont la poignée était enrichie de brillans.

L'étude et la pratique avaient donné de grandes ressources à sa voix ; l'accompagnement s'y mariait sans la couvrir, on eut dit deux instrumens de même force , marchant d'accord , et se développant à leur gré. On lisait dans sa pose et l'expression de sa figure , un grand amour pour son art et une excessive vanité. Chaque fois qu'il filait un son, ses yeux, à demi-fermés , respiraient le ravissement : cependant, son approbation personnelle ne suffisait pas aux exigences de son orgueil, ses regards, attachés sur l'une des dames, recueillaient ses plus légères sensations, tout en sollicitant le tribut d'éloges qu'il avait à cœur d'obtenir.

Une pensée profonde semblait occuper cette dame ; elle se laissait aller au charme de la musi-

que, sans que la mélodie, qui caressait ses orga-
nes, émut son âme ou changeât ses réflexions.
Aussi était-il à craindre que le malheureux trouvère implorât vainement des louanges si ardem-
ment désirées.

Cette femme possédait l'une de ces rares beau-
tés qui échappent à la description. Les riches
contours de sa taille et les lignes suaves de son
visage n'offraient pas le moindre défaut. Une grâce
infinie était confondue chez elle à une imposante
majesté. Elle pouvait inspirer un amour respectueux ou une passion violente ; échauffer l'un, arrêter l'autre à son gré ; car, si peu d'hommes eussent résisté aux séductions de son sourire ; peu,
de même, eussent osé braver l'éclatant courroux
de ses yeux. Cependant, si tout chez elle était beau
et attrayant ; si cette ravissante créature faisait
naître le désir et commandait l'admiration, un physionomiste habile eut découvert sur ses traits
quelques taches imperceptibles au vulgaire, qui,
sans nuire à ses perfections, permettaient de soup-
çonner que la pureté de son âme n'égalait pas celle
de ses formes.

Ces réflexions, que berçaient les accords du ménestrel, furent interrompues par l'arrivée d'un écuyer.

— Madame, dit-il, les informations qu'on vous a données sont exactes, le saint homme Robert d'Arbrissel est dans la forêt avec les pauvres de Jésus-Christ. Informé que le Saint-Père doit s'arrêter au château, il a l'intention d'y passer lui-même la nuit.

La dame, d'un signe de tête, congédia l'écuyer et tomba bientôt dans un accablement profond. Son beau sein était oppressé, sa respiration pénible, des larmes roulaient dans ses yeux. Plusieurs fois ses genoux faiblirent, et elle secoua la tête, comme on le fait pour chasser un étourdissement.

Mais le vent du soir rafraîchit son front brûlant, et la circulation du sang, changeant le cours de ses pensées, elle parut recouvrer une entière sérénité. Alors elle se tourna vers la jeune fille silencieuse à son côté.

— Que regardes-tu si attentivement, petite?

— Cet homme qui s'avance là-bas, répondit celle-ci avec un léger embarras.

— Cet homme! mais c'est un manant.

— Madame, je crois le reconnaître.

—Ah! n'est-ce pas ce compagnon tailleur de pierre, cet habile chiromancien que j'ai consulté à Paris.

— Josselin.

— Tu as bonne mémoire, j'avais oublié son nom... Il vient ici, c'est à coup sûr la providence qui l'envoie... Adelaïs, je veux lui parler ce soir.

— Voyez, madame, il nous regarde ; je crois qu'il nous a reconnues.

..... Un intervalle de dix-huit mois environ s'était écoulé depuis la nuit où Josselin, riche d'espérance, avait quitté l'abbaye. Le lendemain, il rencontra les compagnons qui l'accueillirent avec joie et l'emmenèrent à Paris. Il y fit de grands progrès dans son art, et ses travaux sur différens édifices lui acquirent la réputation d'un ouvrier consommé. Mais, sa vanité satisfaite, les plaisirs qu'il goûta dans un monde si nouveau pour lui, l'affection de ses frères, et l'accès que la chiromancie lui procura auprès de plusieurs nobles dames, rien ne lui fit oublier la cause principale de son départ de l'abbaye. Le mystère qui lui semblait entourer ses jeunes ans, et le soin que Robert d'Arbrissel avait toujours pris d'éluder toute réponse à ce sujet, avaient fait de bonne heure une

forte impression sur son imagination. Il s'était
persuadé qu'il descendait d'une noble famille.
Pensée flatteuse, que sont toujours trop disposés à
concevoir ceux dont l'origine est enveloppée d'un
secret. Au reste, Josselin avait un motif tout puissant à ses yeux pour s'assurer dans cette persuasion : la science que le père Renaud lui avait im-
prudemment enseignée, et à laquelle il croyait
comme à l'existence de Dieu, lui promettait un
avenir qui s'accordait parfaitement avec les rêveries de sa jeune ambition, qu'il regarda alors
comme l'effet d'un pressentiment. Peut-être aussi
se mêlait-il à cette persuasion si forte de vagues
souvenirs du passé qu'il sentait en lui sans pouvoir
les définir, et qui se mêlaient ainsi au cahos de ses
pensées.

Dans l'impatience inquiète qu'il éprouvait de
voir les jours, les semaines et les mois s'écouler
sans que rien confirmât encore les promesses chi-
romanciennes, il se détermina à quitter Paris, et
se mit en route pour l'abbaye de la Roë. Avant d'y
arriver, il apprit que le père Renaud en était parti
peu de temps après lui, et s'était retiré dans une
solitude voisine de la Loire. On lui dit aussi que

Robert d'Arbrissel en était sorti avec plusieurs de
ses disciples pour rejoindre le Saint-Père à son
entrée en Anjou. Violemment contrarié de la dis-
parition du père Renaud, Josselin résolut de se
mettre à sa recherche, car il pensait que les révélations que le vieillard lui avaient promises éclai-
reraient le secret de sa destinée. Pensant que Robert devait être instruit de la retraite de son
disciple, il marcha sur ses traces et fit diligence
dans l'espoir de le rencontrer avant sa réunion au
cortège du Saint-Père. C'est à ces circonstances
que nous devons de voir Josselin s'avancer vers
la tour d'Evrault, où il ignorait cependant que le
cénobite se fut arrêté.

Son extérieur avait subi d'assez notables changemens. Il était plus fort, plus alerte, plus
dégourdi qu'autrefois ; sa tête était plus haute, sa
poitrine plus ouverte ; on eût reconnu difficilement
dans ce hardi compagnon l'ancien novice de l'abbaye de la Roë, et pourtant en l'observant attentivement, on trouvait toujours en lui quelque reflet
de son passé.

Il était vêtu d'un sayon de serge bleue, presque
usé, serré autour de la taille par une ceinture de

cuir ornée d'une large boucle en cuivre. Sa tête
était garantie par un bonnet de laine brune, d'où
s'échappaient de longues boucles de cheveux
noirs. Des semelles de bois étaient fixées à ses
pieds au moyen de plusieurs lannières formant
des bandelettes entrelacées sur ses jambes. Il portait un havre-sac de peau de chèvre. Sa main
droite était armée d'un bâton de bois de cèdre,
haut pour le moins de cinq pieds, garni de cuivre
et de rubans. Une fronde en cuir pendait à son
côté droit. Cet équipement annonçait qu'il avait
été affilié à l'ordre du compagnonage.

Au sortir de la forêt, il s'arrêta brusquement,
paraissant frappé de surprise à l'aspect de la tour
d'Evrault, isolément élevée au milieu d'une clairière sauvage où rien n'annonçait que l'homme
eût jamais habité. La terre, vierge de toute cul-
ture, montrait çà et là des plantes grasses et des
touffes d'herbes perçant les détritus de fougère et
de genêt, les feuillages secs qui pourrissaient sur
son sein, engrais naturel pour sa fécondation prochaine. Quelques chênes et des hêtres séculaires
avec leurs branchages nuds et leurs immenses
troncs couverts du gui parasite apparaissaient sur

la plaine comme des colonnes de verdure parmi des buissons de houx. Les grands arbres de la forêt qui bornaient partout l'horison, formaient autour de cette clairière une sorte de haute palissade impénétrable au regard, et l'arrêtaient dans cette enceinte où le corps et la pensée paraissaient emprisonnés.

Notre Josselin secoua la tête. — Celui qui a choisi ce lieu pour y fixer sa résidence, doit tenir des loups ses voisins, qui établissent leurs tannières loin des endroits habités ; je doute que le voyageur reçoive derrière ces palissades une franche hospitalité.—Mais qu'entends-je ainsi dans l'air?

Un bruit confus de voix humaines, ressemblant au murmure de l'eau qui bouillonne sur les rochers ou au vent du midi qui souffle dans le feuillage, s'élevait dans la forêt. La clairière était déserte, mais tout grouillait à l'entour. Les oiseaux étonnés planaient en troupes au-dessus des hautes cîmes des arbres, au pied desquels il semblait que s'agitait une innombrable multitude derrière les buissons épais. — Nul doute, c'est mon père et son cortége, dit-il au comble de la joie..... Le ciel soit loué... enfin... enfin... je saurai...

5

Tout en parlant, il s'avançait d'un pas rapide vers la tour. — Eh bien, reprit-il, lorsqu'il fut rendu au milieu de la clairière, ce château gagne à être vu ; je ne lui trouve plus maintenant un aspect aussi sauvage. Sa tour est d'un bon effet ; c'est un morceau d'architecture tout à fait digne d'attention ; je ne devais guère m'attendre à faire une pareille découverte.... Mais que vois-je sur le rempart ?

Une subite rougeur colora sa figure, et ses yeux clairs se fixèrent sur les deux dames. — Par saint Blaise, est-ce une illusion ? Mais je ne puis me tromper ! Comment, trouver sur la terre une créature qui lui ressemble : elle brille entre toutes les femmes comme la cathédrale de Pise entre tous les monumens.

Il s'arrêta appuyé sur son bâton, en proie à une émotion qui rendait ses genoux tremblans. — C'est à peine si j'en crois mes yeux ! Elle ici, cachée au fond de l'Anjou, dans un misérable manoir, quand j'ai passé près d'une année à Paris avec l'espérance de la voir. — Mais je deviens fou vraiment, reprit-il en se remettant en marche ; si j'ai séjourné à Paris, c'est que l'ouvrage m'y retenait. Qu'a de commun cette noble dame avec un pauvre compagnon ; elle ne songe pas plus à moi que si j'étais encore à naître.

Le sourire triste qui accompagna ces mots, prouva que cette pensée lui était plus douloureuse qu'il n'eût voulu se l'avouer. — Allons, n'y pensons plus, ne dois-je pas rejoindre mon père... Oui, certes, et sans différer... je dois m'éloigner de cette dame... car ma mémoire a le tort de se rappeler trop fidèlement son image, et l'impression que sa vue m'a fait éprouver tout à l'heure... je veux croire qu'elle était l'effet d'un étonnement bien naturel !.... Néanmoins tout cela n'est bon qu'à détourner ma pensée du but que je dois poursuivre ; d'ailleurs mon vénérable père m'a souvent dit que l'œil des femmes distille le venin du serpent, que leur sourire blesse le cœur à l'égal d'une flèche barbelée... Décidément, je ne penserai plus à elle.

Nonobstant cette sage résolution il n'en continua pas moins de s'avancer à grands pas vers le point du rempart où se promenaient les deux dames. — Miséricorde ! qu'elle est belle ! La reine des anges ne doit pas avoir plus d'éclat... Ah ! elle

m'a vu ! je crois qu'elle m'a remarqué… Elle parle
à sa jeune compagne… Oui, c'est de moi qu'elles
s'entretiennent… Si j'osais lui montrer que je l'ai
aussi reconnue… Jésus, la voilà qui s'approche !

Son cœur battit violemment, pourtant il sut réprimer toute agitation extérieure, et l'œil le plus
pénétrant n'eût découvert sur sa figure qu'un air
de bonhomie et d'insouciante curiosité. Les dames ayant fait un détour pour descendre le talus,
furent cachées par les palissades. Son regard les
devançait sur le bord du fossé où elles allaient se
montrer, et il savourait déjà dans son entière plé-
nitude le bonheur dont il allait jouir, quand, funeste déception ! il les aperçut tout à coup qui
retournaient sur leurs pas accompagnées d'Évrault
qui les avaient rencontrées. En même temps une
main lourde s'appuya sur son épaule, et une voix
bien différente de celle qu'il espérait entendre,
lui cria dûrement à l'oreille :

— Que fais-tu ici, camarade ?

Josselin rappelé à lui-même, se trouva nez à
nez avec messire le sénéchal, imposant personnage qui fit briller à ses yeux les anneaux de sa
chaîne d'argent, comme une sauve-garde assurée

contre une réponse équivalente aux formes tant
soit peu brutales qui accompagnaient sa question.
Cette précaution lui profita, car le dépit que le
compagnon ressentit en voyant les dames s'éloigner, allait se formuler en un vigoureux coup de
poing donné sous forme de réplique à l'individu qui
entamait le dialogue d'une manière aussi prononcée ; mais les triples rangs de la chaîne fastueusement étagée sur la poitrine du sénéchal
produisirent tout l'effet que celui-ci en attendait.
Josselin recula sans mot dire, en invitant par un
regard son interlocuteur à prendre un ton plus
modéré. Le sénéchal, encouragé par cette apparente soumission, reprit d'une voix menaçante :

— Que fais-tu ici, manant?

— Un acte de vertu chrétienne, j'appelle à mon
aide la patience de Notre Seigneur Jésus-Christ.

— Prends garde que je ne te soumette à une
plus difficile épreuve. Voilà longtemps que je te
vois rôder ici : qui es-tu ?

— Vous l'avez dit tout à l'heure, pourquoi me le
demander.

Le sénéchal irrité du peu de crédit que son ton
menaçant obtenait sur l'étranger, voulut recourir

de nouveau aux formes oratoires qu'il avait déjà
employées avec un meilleur succès ; en conséquence, il fit voler d'un revers le bonnet de Josselin, et s'avança pour le frapper.

— Ah ça, tu vas me répondre, ou je t'envoie
mesurer la profondeur de nos fossés.

Le rouge de la colère monta aux joues de Josselin. Néanmoins, la qualité de son antagoniste lui
imposant malgré tout, il aurait peut-être enduré
cette nouvelle provocation ; mais ayant aperçu les
deux dames et le seigneur qui les observaient du
rempart, son orgueil se révolta ; et saisissant le
sénéchal à la gorge, il le repoussa violemment.
Celui-ci tirant sa dague voulut lui en porter un
coup ; le compagnon l'esquiva, et de son long bâton décrivant un moulinet sur la tête du sénéchal,
il l'étendit à ses pieds.

Évrault témoin de cette scène, cria aux hommes d'armes qui étaient de garde à la porte d'arrêter l'audacieux manant. Josselin les vit accourir,
et s'il eût profité de l'avance qu'il avait sur eux,
il aurait pu facilement s'enfoncer dans la forêt
avant qu'ils l'eussent rejoint. Un sentiment de
fierté l'empêcha de fuir sous les regards des deux

dames, et préférant s'exposer à tous les dangers
que de leur donner le droit de douter de son courage, il attendit les soudards de l'air le plus décidé.

— Ce jour marquera dans ma vie : j'ai prêté
aide au Saint-Père, je viens de tuer, ou peu s'en
faut, le sénéchal de ce château où je rencontre...
mais alerte, voici des soudards.

Quatre étaient sortis d'abord, plusieurs autres
les suivaient. Lorsque les premiers arrivèrent à
lui l'épée haute, sans décéler la moindre crainte
pour l'issue d'un lutte aussi disproportionnée, il
se mit bravement en défense ; et, prenant son bâton par le milieu, il le fit voltiger avec une rapidité qui ne laissait aucun jour pour pénétrer jusqu'à lui. Cependant les soudards étonnés de cette
résistance, et honteux qu'elle se prolongeât,
avaient à cœur d'en finir sans le secours de leurs
autres camarades ; aussi, bravant le terrible moulinet dont ils s'étaient mis jusque là à une distance
raisonnable, ils fondirent sur le compagnon. Fort
heureusement pour tous, l'intervention d'Évrault
permit de cesser le combat, au moment où Josselin proportionnant l'activité de sa défense à la

vigueur de l'attaque, venait de faire un écart afin
de se dégager, en pirouettant selon les règles de
l'art pour faire face partout à la fois.

— Prenez-le vif, je veux voir ce maître là.

— Merci de la commission; eh bien qu'il vienne
donc lui-même, dit un des soudards en relevant
son bras engourdi par un revers du bâton.

— Tu as entendu Monseigneur, veux-tu venir
de bonne grâce, dit un autre, heureux de trouver
ce moyen d'entrer en accommodement.

— A bas vos épées, je vais vous accompagner.

Et croyant lire sur le visage de la dame une expression de bienveillant intérêt, il l'en remercia
par un salut respectueux, comme s'il avait voulu
lui faire hommage de sa victoire.

Les soudards laissant à leurs camarades arrivés dans cet instant, le soin du sénéchal qui reve-
nait à la vie, se placèrent aux deux côtés de Josselin en l'invitant à les suivre.

— Passez près de moi, s'il vous plaît; j'ai l'air
ainsi d'un prisonnier, dit le jeune homme en faisant un pas en arrière. Croyez-vous par hasard
que si je voulais m'échapper vous pourriez m'en
empêcher ?

— Mais pourquoi pas, mon jeune maître, le loup qui a paré une chasse tombe quelquefois dans la seconde.

— Si vous voulez en essayer ?

— Non pardieu pas, dit un autre, avec un pareil bagage, on n'a que des coups à gagner.

— Alors n'oubliez pas que si je me rends au château c'est de ma libre volonté. Maintenant, nous pouvons marcher.

III.

Lorsque Josselin accompagné des soudards arrivait devant le pont-levis, un bruit de cors qui
retentit du côté de la forêt annonça le comte Eudon. Les hommes d'armes composant la garnison
du château, ayant Évrault à leur tête, descendirent
pour le recevoir. Les trompettes sonnèrent des
fanfares, et comme le jour finissait, on plaça des
varlets avec des torches des deux côtés des mon-

toirs. Le compagnon, à la faveur du tumulte, se
fut évadé facilement, mais il n'y pensa même pas.
Le désir de voir la dame le préoccupait plus que
le soin de sa sûreté. Il demeura sous le porche où
on l'avait oublié, confondu avec les soudards.

Eudon, comte de Porhoët et vicomte de Rennes, descendant de Conan-le-Tort, était par son
rang et l'étendue de ses fiefs, le premier baron
de Bretagne. Il avait eu deux frères, l'un mourut
évêque de Vannes, et l'autre sans postérité. L'immense héritage de son père lui échut ainsi en entier. Ce domaine dont l'importance peut être ap-
préciée par ce fait, que l'un de ses démembremens
composa la vicomté de Rohan, forte de cent-tren-
te-deux paroisses, allait être divisé à sa mort entre les nombreux enfans qu'il avait eus de sa
femme, Emme de Lehon, décédée depuis quatre
ans. Ce vieillard, qui devait à sa forte constitution
et à une excessive maigreur l'absence des infir-
mités, triste cortége de son âge, portait sur sa figure les symptômes effrayans d'une maladie morale qui menaçait de précipiter sa fin.

Ses cheveux blancs s'échappaient en désordre
de son bonnet de fourrure ; sa robe de velours

ternie, déchirée en plusieurs endroits, laissait voir
un rude cilice sur sa poitrine décharnée. Il était
monté sur une haquenée noire à tous crins de sa
forêt de Rohan. Allan, le troisième de ses fils, se
tenait à son côté.

— Miséricorde, miséricorde ! Mon Dieu ! murmura-t-il en apercevant la tour. Allan, c'est là que
le démon m'a tenté ; là, mon oreille s'est ouverte
aux séductions du péché ; là, mon âme a conçu le
crime.

— Mon père, de grâce, parlez plus bas, dit Allan en faisant signe aux varlets qui les suivaient
de se tenir à distance.

— Eh pourquoi cacherais-je ma faute, puisque
Dieu me l'a vue commettre ? Laisse ma conscience
s'humilier, celui qui a semé le crime doit recueil-
lir le mépris. — Que m'importe l'estime des hommes quand je ne possède plus la mienne ; quand
pour m'imposer la plus douloureuse expiation j'ai
renoncé volontairement à celle même de mes enfans : car tu t'en souviens, Allan, un jour que vous
étiez tous réunis autour de moi, je vous ai dit le
front prosterné en terre : les cheveux blancs de
votre père sont souillés ; vous ne lui devez plus

ni affection, ni respect, il a commis une action...

—Mon père, au nom du ciel, remettez-vous !
s'écria Allan, sans le laisser achever.

—Je vous ai vus nombreux, continua le vieillard d'un ton égaré ; mes entrailles se sont émues,
j'ai craint que vous ne fussiez pauvres, et pour
vous laisser un héritage proportionné à mon aveugle ambition...

—Vous tairez-vous ! cria Allan ; si ce n'est pas
pour vous, ayez au moins égard à ceux qui portent
votre nom.

—Tu as raison, mon cher fils, répliqua le vieillard, dont l'exaltation fit place à une amère ironie ; si j'ai vendu mon âme, il est de toute justice
que vous en touchiez le prix... Un mot de plus
compromettrait cet héritage acquis par ma dam-
nation...—Mon Dieu, je vous rends grâce de m'a-
voir inspiré l'idée de leur confesser mon crime.
Leur mépris doit être à vos yeux une pénitence
méritoire, si vous la proportionnez aux angoisses
qu'elle me fait souffrir.

—Nous allons entrer chez Évrault, reprit le
chevalier, qui ne parut pas l'entendre ; j'ose croire,

mon père, que vous aurez soin de vous contenir
devant lui.

—Miséricorde au pécheur! murmura le vieillard en se frappant la poitrine ; ici, Allan, à cette
même place il s'occupait de mon bonheur, quand
je méditais sa perte.

—Nous sommes chez Évrault, dit brusquement
le chevalier.

—Cœur endurci, comment n'ai-je pas été touché de son innocente jeunesse, continua le vieillard en baissant la voix ; je n'avais reçu de lui que
des témoignages d'affection, il se fut sacrifié pour
moi, et j'ai empoisonné sa vie.

—Silence! voici Évrault.

—Eh bien, dis-lui que je suis fou, et laisse
parler mes remords.

Ils étaient rendus sous le porche. Le châtelain
conduisit son hôte devant le montoir, et lui tint
l'étrier pour l'aider à descendre de sa haquenée.
Celui-ci n'écoutait pas les complimens de bien-
venue que lui criait Évrault, à travers le bruit
des chevaux et les éclats assourdissans des fanfares. Ses yeux, en pleurs, erraient avec inquiétude sur les soudards et les varlets qui se pres-

saient sous la voûte basse éclairée de la lueur des torches. Enfin, le chevalier lui dit quelques mots à l'oreille qui lui rendirent un peu de tranquillité, et il répondit aux civilités d'Évrault, qui attribua la conduite étrange du vieillard au dérangement d'esprit dont Allan lui avait parlé, et se hâta de l'emmener dans l'intérieur du château.

Josselin, oublié par ses gardes dans ce moment de confusion, s'était avancé vers la cour. En y entrant, il entendit une petite toux ressemblant à un appel, il se détourna avec un frémissement de cœur, et aperçut la jeune compagne de la dame qui lui faisait signe d'approcher. Une vive rougeur couvrait les joues d'Adelaïs; elle éprouvait un embarras qui rendait plus séduisant son frais visage pur et candide.

— N'êtes-vous pas, dit-elle, un compagnon tailleur de pierre?

Josselin s'inclina, ses yeux cherchaient la dame dans l'intérieur de la chambre.

—Vous vous nommez Josselin, n'est-ce pas? Vous êtes le chiromancien que ma noble dame et moi nous avons vu à Paris?

—J'ai eu en effet cet honneur, répondit Josselin, qui affectait un grand flegme pour cacher son émotion.

—Comment vous trouvez-vous ici?

—L'ouvrage ne donne pas à Paris, je suis venu en Anjou espérant y travailler.

—Nous avons été bien surprises, quand nous vous avons vu ce soir.

—Mon passage ici, est moins surprenant que votre présence dans ce lieu.

—Pourquoi cela ?

—Il est plus naturel de trouver un compagnon voyageant, que d'aussi belles dames, faites pour briller parmi la fleur des chevaliers, reléguées dans ce donjon qui ressemble à un repaire d'enfans de saint Nicolas.

—Ce château est la résidence du noble baron Évrault, seigneur de Candes, de Montsorreau et des châtellenies voisines, repartit la jeune fille avec une nuance de fierté.

—La noble dame qui a bien voulu me consulter à Paris, est sans doute parente...

—C'est à vous de deviner qui elle est, interrompit la jeune fille ; n'êtes-vous pas chiromancien, physionomiste et devin ?

6

—Je ne possède pas une science aussi universelle ; vous devez vous rappeler que j'ai refusé de m'expliquer avec cette dame sur les futurs contingens.

—C'est pourquoi elle désire vous consulter de nouveau, dans l'espoir de vous trouver moins réservé aujourd'hui ; elle a, d'ailleurs, de nouvelles questions à vous faire.

Josselin tressaillit, la respiration lui manqua un instant.

—Qu'avez-vous ? Est-ce un refus ? demanda Adelaïs avec inquiétude.

—Un refus, mon Dieu ! Dites-lui bien qu'elle n'a pas de plus dévoué serviteur.

—Vraiment, et sans la connaître ! répartit la jeune fille d'un ton de raillerie aimable ; enfin, si vous le voulez, je ferai votre commission.

—J'ai voulu vous exprimer ma soumission à ses ordres, repartit Josselin avec une extrême confusion ; si je l'ai fait en termes qui vous paraissent déplacés...

—Oh nullement, n'en parlons plus. — Après souper attendez-moi sous cette voûte qui donne entrée dans l'aile gauche des bâtimens, on viendra

vous y prendre pour vous conduire devant madame. Je compte sur votre exactitude.

—Je vous promets de m'y trouver.

—Madame se propose de vous témoigner l'intérêt qu'elle a pris à votre victoire; je ne veux pas
vous en dire plus, de peur de vous enlever le plaisir de la surprise.

La jeune fille se retira, laissant Josselin dans
un état d'enivrement qui lui permettait à peine
l'usage de ses facultés. Après être resté assez longtemps accoudé sur l'appui de la croisée, écoutant
battre son cœur et savourant la voluptueuse émotion qui agitait tous ses membres, craignant d'être
surpris près de l'appartement des dames, il traversa la cour pour se rendre dans la grande salle
où l'on sonnait le souper. A son entrée, le châtelain buvait la première rasade annoncée par les
trompettes.

Cette salle répondait à l'idée qu'on se fut faite
en jugeant de l'intérieur du château par son apparence extérieure. Elle était longue de soixante
pieds, large de quarante à peu près. Les murs
n'avaient aucune tenture : quelques bois de cerfs
fichés de distance en distance servaient de porte-

manteaux. Des peaux de loups, des têtes de san-
gliers, des cornes de taureaux et quantité d'oiseaux de proie décoraient l'un des côtés; l'autre
était garni d'une foule d'armures complètes ou
dépareillées, et d'armes offensives de tous siècles
et de tous pays.

La terre pierrée formait le sol, le chauffoir, composé d'un carré de maçonnerie, était placé au milieu : un feu ardent y brûlait, et la fumée tournant
autour de la salle en cherchant lentement les is-
sues qu'on avait pratiquées au toît, planait sur la
tête des convives qu'elle enveloppait souvent de
ses capricieuses bouffées. La table, couverte d'une
nappe de cuir, avait la forme d'un T. La partie
supérieure, élevée de deux degrés, se nommait
l'estrade seigneuriale : un dais régnait au-dessus;
c'était moins une affaire de luxe qu'un objet d'utilité, car le mauvais état de la couverture livrant
passage à la pluie, les nobles hôtes du suzerain
eussent été exposés à manger sous une gouttière
ou à boire leur vin mêlé d'eau, ce qui eût été
chose inouïe pour des barons Angevins. Des deux
côtés de la place, occupée par le châtelain, on
voyait des juchoirs destinés à ses oiseaux. Une

vingtaine de chiens, de toute taille, flairaient le
fumet des viandes dont ils attendaient les os. Au
bout de la table, un tonneau, appuyé sur deux
traverses, se vidait dans de larges cruches que des
varlets faisaient circuler aux convives. Une tran-
che de pain servait d'assiette, les doigts tenaient
lieu de fourchette, et les cruches de gobelets.
Deux cuisses de bœuf rôties et un porc cui dans
son jus étaient servis aux personnages inférieurs.
Un mouton, plusieurs pâtés de venaison et une
moitié de chevreuil composaient le service de la
table seigneuriale : il y avait, comme accessoires,
deux plats de gibier rôti, une salade de bourra-
che, de menthe et de persil, assaisonnée de sel et
d'huile ; des poireaux cuits sous la cendre arran-
gés avec du miel ; une tarte à la fleur de sureau.
Une bottrine de cuir contenait du vin de Bourgeuil réservé pour le dessert.

L'entrée de Josselin ne fut remarquée de personne ; il prit place au bout de la salle, et attaqua
vigoureusement un morceau de bœuf rôti. Quelque agréable que fut cette occupation, après une
journée de fatigue, elle ne l'empêchait pas d'ob-
server l'estrade seigneuriale où la dame était as-

sise, ayant à sa droite le comte Eudon, et à gauche
le vénérable Robert, arrivé, avec plusieurs de ses
disciples, en même temps que le comte Eudon.
Le cénobite ne mangeait pas, il avait les mains
jointes comme s'il eût dit des prières, répondait
brièvement aux paroles animées que sa voisine
lui débitait à l'oreille, et paraissait examiner le
chevalier causant avec Évrault, dont une place
vide le séparait. Son capuchon, rabattu, cachait
entièrement sa figure. Josselin ne le reconnut
pas : l'esprit du pauvre jeune homme était trop
occupé ailleurs.

Le comte Eudon, tout absorbé en lui-même, ne
voyait rien, et ne semblait rien entendre. Allan
parlait à voix basse, comme s'il eut craint de le
troubler, et son regard inquiet ne se détachait pas
de lui.

Le bruit des trompettes qui sonnaient une nouvelle rasade tira le comte Eudon de son assoupis-
sement, il leva la tête comme éveillé en sur-
saut.

— Ah ! je croyais que ces fanfares annonçaient
le Saint-Père Urbain, dit-il d'un air égaré ; mon
cousin, avez-vous eu soin d'allumer votre fanal ?

Peut-être sa dignité est-elle égarée dans les bois.

—Ho là, vous autres, le fanal est-il allumé?

—Depuis une heure, répondit-on.

—Le fanal brille, mon cousin, le Saint-Père le verra de loin.

—D'où vient alors qu'il n'arrive pas?

—La route est pénible, et le cortège du Saint-Père n'est pas fait à la fatigue ; d'ailleurs, il est possible qu'il ait été arrêté.

—Arrêté! s'écria le comte, et qui l'oserait, mon cousin?

— Par des seigneurs du voisinage qui lui auront demandé sa très sainte bénédiction, c'est ainsi que je l'entends. — Si le bon homme savait le reste, ajouta-t-il, en pinçant le genou d'Allan.

—Mon fils, reprit le comte, nous avons été trompés, ou bien Sa Dignité a choisi une autre route ; il faudra partir dès demain au point du jour pour regagner le temps perdu.

—Votre seigneurie a-t-elle à se plaindre de moi, qu'elle veut me quitter aussitôt? — Mais, à propos, ma femme n'est pas descendue, veut-elle faire insulte à mes hôtes?

—Sang du diable! est-ce la réception qu'elle compte faire à son cousin, le premier baron de Bretagne? Appelez madame Aremburge.

—Madame m'a chargé de vous annoncer qu'une indisposition la contraint de garder sa chambre, dit timidement un écuyer.

— Il y a deux heures elle se portait à merveille; vas la chercher, un coup de vin la guérira.

—Messire Évrault, elle est souffrante, Adelaïs est demeurée avec elle.

—Madame a trop de bonté, repartit Évrault d'un son de voix adouci au milieu de sa colère; je l'ai vue plus malade qu'elle ne peut l'être aujourd'hui; j'entends qu'elle remplisse ses devoirs. Elle va descendre, ou c'est moi qui l'amènerai.

Un coup de poing violent frappé sur la table annonça de quelle manière il exécuterait sa menace. Le comte Eudon, retombé dans une sorte de torpeur, se réveilla à ce bruit.

—Évrault! dit-il d'un ton sévère, qui t'a armé chevalier?

— Robert le Bourguignon, répartit le châtelain étonné de cette demande.

— Dieu lui pardonne, car tu déshonores tes

éperons. Si tu te permets la moindre violence devant moi contre madame Aremburge, je te déclare, foi de comte, par ma bonne cité de Rennes, que je sortirai d'ici en te défiant au combat.

Le vieillard s'était levé en prononçant ces paroles, et la main appuyée sur la poignée de son épée, il regardait fièrement Évrault. Le châtelain, réprimant sa violence habituelle, par égard pour le haut rang, l'âge et la parenté du comte, reçut cette menace avec une déférence qui étonna tous ses gens, et ayant expliqué les raisons de courtoisie qui l'avaient fait insister sur la présence de sa femme, il dit que, pour lui, il se souciait peu qu'elle fût à table ou ailleurs, et qu'elle resterait libre puisque son hôte le permettait.

Cet incident fut suivi d'une copieuse libation, à laquelle tout le monde prit part. Les trompettes sonnèrent des fanfares, et les convives, animés par le pétillant vin d'Anjou, y mêlèrent bientôt les éclats d'une joie bachique, augmentant d'intensité à mesure qu'on l'arrosait. Cette scène tumultueuse avait un témoin que personne n'avait remarqué. C'était un chevalier arrêté dans l'angle obscur de la porte, d'où il observait ce qui se passait dans la salle. La simplicité de ses armes et sa taille avantageuse attestaient l'identité de sa personne avec le chevalier dont nous avons fait le portrait à l'abbaye de la Roë. Il portait à la main son lourd marteau de fer sur lequel il s'appuyait.

Cependant la gaîté des soudards s'était communiquée à l'estrade seigneuriale. Évrault et Allan accolaient l'un après l'autre l'outre de vin de Bourgeuil, parlant tous deux sans s'écouter. Le comte Eudon, sourd au tumulte, était en proie de nouveau aux remords qui l'assaillaient à son arrivée au château. Il tournait dans la salle ses yeux hagards mouillés de larmes, et prêtait l'oreille inquiète aux bruits qui se passaient dehors.

—Seigneur comte, mon noble parent, dit Évrault, ne boirez-vous pas un coup de ce bon vin de Bourgeuil? C'est de l'eau bénite de moine; ça rend la conscience aussi nette que les corporaux. Voyons, cousin, un petit baiser à cette outre, et ne pensez plus au Saint-Père, qui s'est arrêté à gouailler dans quelque couvent de nonain.

— Évrault, tu es un payen, dit le vieillard indigné; je n'entends pas qu'on traite le Saint-Père avec cette irrévérence : tolérer ton impiété, ce serait la partager.

— Monseigneur, répondit Évrault échauffé par ses libations, vous pouvez à votre aise réciter des *Oremus*, fonder des églises et doter des prieurés ; je ne suis pas votre héritier, je n'ai pas le mot à dire. Mais j'ai mon opinion faite, laissez-moi la même liberté. J'ai pris en haine toute la séquelle tonsurée ; du plus petit au plus grand, je lui ai déclaré la guerre, et sang du diable ! je la ferai jusqu'à ce qu'on m'ait réduit. Avant d'en venir là, on ébréchera plus d'une épée.

A ces mots, le chevalier traversa rapidement la salle, monta sur l'estrade et se plaça devant Évrault. Cette brusque apparition, qui semblait une réponse au défi du châtelain, fit succéder aux cris de joie une inquiétude mystérieuse, chacun attendait en silence ce qui allait se passer.

—Évrault, seigneur de cette tour, de Candes et de Montsorreau, dit le chevalier d'une voix forte, le moment est venu que tu seras réduit ; et celui qui te l'affirme, et qui s'en chargera sans crainte d'ébrécher son épée, c'est moi, qui te somme ici, devant tes hôtes et tes vassaux, de comparaître sous trois jours à la barre du comte d'Anjou.

Le châtelain, d'abord étonné, ne fut pas long à se remettre.

— Beau sire, répliqua-t-il en le mesurant de l'œil, sais-tu que pour tenir un pareil langage à Évrault, il faudrait être soutenu de quelques centaines de bonnes lances, et non seul derrière ses fossés? Sais-tu que pour sortir d'ici, il faudrait avoir des ailes ou culbuter plus de soudards que tu n'as de mailles dans tes chausses?

— Je sais que, chevalier indigne, tu ne te ferais pas scrupule d'ameuter sur moi tes soudards pour t'éviter de répondre à mon défi en champ clos; et pourtant je n'ai pas craint de venir te braver en face; ainsi, juge si j'ai peur de toi.

— Sang du diable! tu vas trop loin, s'écria Évrault en trépignant de colère; holà, soudards, sus vos épées!

En disant ces mots, il tira la sienne, et les soudards se levèrent tumultueusement; mais le chevalier, aussi prompt que la pensée, frappa le plancher de l'estrade d'un violent coup de sa masse. Il en sortit un nuage épais de poussière qui l'enveloppa un moment, et lorsqu'elle se dissipa, on l'aperçut debout à deux pas d'Évrault le marteau levé sur sa tête.

— Maintenant, approchez, soudards ! Et toi, Évrault, fais un mouvement ! cria-t-il d'une voix menaçante.

Les soudards s'arrêtèrent saisis d'immobilité. On eût dit que le terrible marteau suspendu au-dessus d'Évrault, et qui semblait attendre un souffle pour lui écraser la tête, les tuerait tous en même temps. Ils demeurèrent les yeux fixes, craignant même de respirer. Évrault pâlit, les muscles de sa figure se contractèrent singulièrement. Néanmoins, il fit preuve de courage et de sang-froid.

— Eh bien ! qu'attends-tu pour frapper ? dit-il en se riant de la frayeur des soudards.

— J'attends qu'on m'attaque.

— On s'en gardera bien vraiment ! répliqua Évrault, affectant un air de raillerie qui déguisait mal son agitation fougueuse ; j'ai tout avantage à te laisser le bras tendu jusqu'à ce qu'il tombe de fatigue. J'estime qu'il faut un quart d'heure si tu es de première force, après quoi tu seras à moi.

Le chevalier abaissa lentement sa masse et la jeta loin de lui.

— Vois donc si j'en ai besoin, dit-il en se re-
dressant. Évrault, c'est désarmé, seul au milieu
de tes soudards, que je te somme une seconde
fois de comparaître sous trois jours à la barre du
comte d'Anjou.

Le châtelain, étonné de l'assurance de l'étranger, voulut en connaître la cause avant de se porter à un dernier acte de violence. Il haussa les
épaules et reprit sa place à sa table, paraissant
aussi tranquille que s'il n'en eût rien été.

— Beau sire, cette sommation m'est-elle en-
voyée par le comte Foulques-Rechin mon très honoré seigneur?

Il jeta un rire dédaigneux et prit la bottrine de
Bourgueil qu'il accola tranquillement.

— C'est en mon nom qu'elle t'est faite ; c'est à
moi que tu auras à répondre devant ton suzerain
des crimes de félonie, vol, assassinats....

— Allons, beau sire, est-ce assez? interrompit
Évrault.

— Attends, je n'ai pas fini.

Il reprit d'une voix tonnante : et enfin, vil mécréant, je t'accuse devant Dieu et devant les hommes d'avoir commis le plus odieux sacrilége, en

dressant une embuscade à sa dignité le pape Urbain.

Un mouvement d'horreur se fit dans l'assemblée. Évrault, stupéfait un instant, retrouva bientôt son audace.

— Tu as menti, s'écria-t-il...

Le vieux seigneur l'empêcha de continuer. S'étant levé de table, il se plaça devant lui.

— Le même sang coule dans nos veines ; mes membres sont faibles et cassés ; mais s'il était vrai que tu eusses commis le crime dont ce chevalier t'accuse, j'oublierais notre parenté ; ce corps usé endosserait encore une fois la cuirasse, et suivi des gens d'armes de mon comté de Porhoët, de mes vicomtés de Rennes et de Rohan, je viendrais en personne faire le siége de ta tour et semer de sel ses fondemens.

— Mille remercîmens, mon cousin, dit Évrault en lui prenant la main avec une politesse moqueuse pour l'inviter à se rasseoir.

— Chevalier, poursuivit le vieillard, une accusation de la nature de celle que vous avez lancée sur mon cousin Évrault, exige des preuves positives.

— Je les donnerai au comte d'Anjou. Au reste, interrogez le brave compagnon assis au bas de cette table; il m'a aidé à repousser les soudards d'Évrault qui avaient mis en fuite l'escorte de sa dignité. Si son témoignage et leurs aveux ne vous semblent pas des preuves suffisantes, je soutiendrai mon accusation par les armes.

— Tu as menti, cria Évrault, qui sentit la nécessité de prendre promptement un parti; à moi, soudards !

— Je le mets sous ma sauve-garde. Qui donc osera le toucher? dit le vieux comte de Porhoët.

— Je suis le seul maître ici ! A moi, soudards ! sus vos épées !

— A moi, Bretagne ! cria le comte.

Une mêlée allait s'en suivre, le chevalier leva la visière de son casque.

— Évrault, me reconnais-tu? dis donc encore que j'ai menti.

— Geoffroy-Martel ! murmura le châtelain frappé de consternation.

— Oui, Geoffroy-Martel, qui dans trois jours t'attend devant son père. — Pense à t'y rendre, Évrault, ou je te viendrai chercher.

La dame, qui était restée jusqu'alors spectatrice tranquille de cette scène, et qui n'avait montré aucune émotion devant les épées tirées, changea de couleur à l'aspect du chevalier. Elle se couvrit de son voile et se réfugia près d'Évrault. Mais le fils du comte la regarda froidement comme s'il ne la connaissait pas. Il ramassa son marteau, fit un salut au comte, à Évrault un signe expressif, et sortit fièrement de la salle en invitant Robert à l'accompagner un instant.

— Va, le diable te conduise ! s'écria le châtelain qui, honteux du saisissement qu'il avait montré devant ses vassaux à la vue du chevalier, voulut racheter cette faiblesse par un redoublement d'audace comme preuve de sa tranquillité ; va, mon jeune coq, tu chantes trop fort pour que cela dure long-temps. Ah ! tu m'assignes à Angers, et pour tout délai dans trois jours ! C'est bon, nous nous verrons après, dans un temps et un lieu que j'aurai choisi à mon tour.

— Évrault, cesse de parler ainsi, dit le vieux comte de Porhoët ; tu oublies que Geoffroy-Martel est allié à ma famille par le mariage de sa sœur avec le duc Allan-Fergan mon seigneur ; tu oublies

surtout qu'il est fils de Foulques-Richin et qu'il
sera ton maître un jour...

—Non, par ma barbe ! Il y aura du sang versé
avant qu'Évrault rende hommage à Geoffroy-Martel. Je prends le diable à témoin qu'on me comp-
tera dans le catalogue des saints avant qu'il règne en Anjou.

— Tais-toi ! tu es un mécréant. Ces paroles ne
conviennent pas à un homme qui est sous le poids
de l'action odieuse qu'on t'impute : toutefois, je
veux croire, pour l'honneur de ma race, qu'il te
sera facile de prouver ton innocence. Autrement,
je ne laisserais à personne le soin de ton châtiment.

—Noble comte, interrompit sèchement Évrault,
ne détruisez pas par des menaces hors de saison
l'amitié qui nous unit. Je ne suis pas d'humeur à les
écouter ce soir, quand même elles viendraient de
vous.

Le vieillard baissa la tête en souriant avec pitié,
montrant ainsi à Évrault, qu'il se taisait pour ménager son amour propre, plutôt que par égard
pour son avertissement. Celui-ci dévora en silence
cette humiliation qui lui venait de trop haut pour

qu'il osât la relever. Ses yeux, animés de colère,
se promenèrent lentement sur la double file des
convives, espérant trouver un prétexte d'épan-
cher sa bile sur quelqu'un ; mais ses soudards et
ses varlets ne lui offrant rien à reprendre, il allait
être réduit à plonger son humeur dans la Bottrine
de Bourgeuil quand il aperçut Josselin auquel il ne
songeait plus. Une joie féroce brilla sur ses traits
sauvages, il frappa du poing sur la table, et, montant la voix à son plus haut diapason :

—Holà ! manant, approche ici, nous avons un
compte à régler.

Le compagnon, surpris de ce brusque appel
qu'il attribua aux manières grossières du châtelain, s'avança au pied de l'estrade d'un air de tranquillité que celui-ci trouvait rarement chez ceux
qui avaient quelque démêlé avec lui.

— Lève la tête, montre ta figure, dit Évrault qui
le regarda de travers, essayant de l'intimider ; tu
ressembles à tous les coquins que j'ai pendus pour
leurs méfaits.— Le chevalier Geoffroy Martel nous
a dit que tu l'as aidé à éloigner les pillards qui
ont attaqué le Saint-Père, je soupçonne plutôt que
tu étais avec eux ; mais un sentiment d'honneur,

que mes nobles hôtes comprendront, ne me permet pas de t'interroger sur ce crime, dont on voudrait me salir; ainsi donc, n'en parlons plus. Il en
est un autre sur lequel je dois informer : tu as
poussé l'audace jusqu'au point de frapper mon sénéchal, sous mes yeux, à la porte de mon château;
qu'as-tu à dire pour ta justification !

— Monseigneur, répondit le compagnon d'une
voix calme, je suis entré librement dans ce château, sur la foi de votre justice ; je ne pensais pas
que vous pussiez me faire un crime d'avoir défendu ma vie. Votre sénéchal me menaçait de sa
dague, je l'ai frappé de mon bâton. C'était mon
droit, tout autre l'eût fait à ma place.

— Ton droit ! le droit d'un manant ! s'écria
Évrault avec un rire méprisant ; ce serait chose
étrange, ma foi ! où diable a-t-il rêvé cela ? Si on
laissait faire cette plèbe, nous verrions du fruit
nouveau ! — Au reste, je veux être juste, j'ad-
mets que mon sénéchal a été un peu trop vif ; mais
de quel droit étais-tu devant ma tour ?

— Je suis voyageur, j'y venais demander l'hospitalité pour la nuit,

— Qui me le prouve, ne pouvais-tu pas avoir

d'autres intentions ? D'ailleurs, suis-je obligé d'héberger tous les fainéans à qui il plaît de courir.— Tout individu qui entre sur mon domaine est soumis à ma justice ; le sénéchal t'a sans doute interrogé, tu ne lui as pas donné une réponse satisfaisante ; il a voulu t'arrêter, c'était bien fait, je l'approuve. Tu lui as résisté, tu mérites d'être puni ; qu'as-tu à dire, voyons çà ?

—Messire Évrault, répondit Josselin d'un ton ferme, je ne prendrai pas la peine de me justifier davantage, car vous m'aviez condamné avant de m'avoir entendu. Vous êtes maître de ma vie, vous pouvez en disposer ; mais, prenez-y garde, si bien caché qu'il soit, votre crime sera connu, et vous apprendrez alors qu'il eût été moins dangereux d'attaquer le comte d'Anjou que le corps du compagnonage. Ceux qui élèvent les murailles savent aussi les renverser.

—A-t-on rien vu de comparable à l'insolence de ce manant ! s'écria Évrault d'un ton d'étonnement vrai ; sang du diable ! cousin Allan, je crois qu'il m'a menacé ! — Il passa la main sur son front et réfléchit un moment, puis, reprenant comme si les paroles de Josselin eussent fait impression sur lui :

—Ainsi tu es compagnon ?

— J'ai cet honneur.

— Quel est ton métier ?

— Tailleur de pierres.

—Quels sont les artisans affiliés au compagnonage ?

— Tous ceux qui travaillent la pierre, le fer et
le bois ; tous ceux qui emploient l'équerre, symbole sacré de la divine Trinité.

Évrault pinça les lèvres en regardant son cousin.

—Combien êtes-vous de compagnons?

—Nous formons un corps plus nombreux que
ne le seraient tous les gens d'armes réunis des
ducs d'Aquitaine, de Bretagne et de Normandie,
des comtes d'Anjou, du Maine et du Poitou.

— Vous avez un but?

—Assurément.

— Quel est-il ?

— Les compagnons professent entre eux la fraternité chétienne, ils forment une grande famille
qui offre à ses membres épars, travail, aide et
protection. Lorsqu'on attaque un frère, tous les
autres prennent sa défense ; si on le tue, il est
vengé. Voilà notre but, messire, c'est la réunion

des faibles contre la tyrannie des forts, la résistance à l'oppression.

— Ces idées sont-elles comprises d'un grand nombre de compagnons ?

— Tous sans exception les partagent, répondit Josselin, croyant faire ainsi une grande impression sur Évrault.

— Cela est bon à savoir. Ah ! maîtres compagnons, si on n'y mettait bon ordre, quelque matin il vous prendrait fantaisie de raser nos tours par le pied pour en combler nos fossés, et les seigneurs seraient réduits à vivre comme les manans. Mais avant d'en venir là, vous aurez encore, mes compères, de rudes momens à passer. — Désormais, tout compagnon qui entrera sur mes terres sera pendu aussitôt ; puisque tu es là, c'est par toi que je commencerai. Qu'on le renferme jusqu'à demain.

Josselin frémit en entendant cette sentence, dont il voyait sur la figure d'Évrault qu'il appellerait inutilement. Il se tourna vers la dame, unique espérance qui lui restait dans ce moment, et son regard suppliant implora sa compassion. Un léger mouvement lui apprit qu'elle accueillait sa re--

quête, il oublia qu'il n'était pas encore sauvé dans la joie qu'il éprouvait d'exciter son intérêt.

—Messire Evrault, dit-elle, j'ai une grâce à vous demander.

Sa voix mélodieuse et le charme de sa beauté avaient assez de pouvoir pour adoucir en toute occasion l'humeur farouche du châtelain. Il contracta ses lèvres en essayant un sourire, et répondit, d'un ton qui visait à la galanterie :

— Noble dame, celle qui commande à tous les cœurs n'a pas de grâce à demander, il lui suffit d'ordonner pour que l'on s'empresse d'obéir.

— Je n'attendais pas moins de votre courtoisie, messire, j'accepte avec reconnaissance la soumission d'un aussi bon chevalier. Cependant, comme il nous est enseigné qu'on ne doit jamais tenter Dieu, j'userai avec réserve du pouvoir qui m'est conféré en me bornant à vous prier de prononcer le pardon de ce manant.

Évrault fit une grimace, les longs poils de ses sourcils se rabattirent sur ses yeux.

— Que votre grâce me demande tout autre chose, je promets, sang du diable ! de la lui ac-

corder ; mais ce manant a fait un crime qui exige
prompte punition.

— Est-ce ainsi que vous tenez vos promesses ?
ou voulez-vous me disputer cette faveur pour
m'en faire mieux sentir le prix. Pourtant elle est
bien légère, et convenez que je ne pouvais pas me
montrer moins exigeante.

— Excusez-moi, madame, vous ne pouviez l'ê-
tre plus. Si vous m'aviez demandé la mort de l'un
de mes soudards, eût-il été le meilleur, cela n'eût
pas fait un pli ; je vous l'aurais amené là, et vous
auriez pu en disposer à votre aise ; mais la vie de
ce manant dont j'ai prononcé la sentence !... Songez à l'exemple, madame ! désormais ces coquins
n'auront plus foi dans ma parole, il faudra qu'ils
dansent au gibet pour croire à leur condamnation...
Daignez m'exprimer un désir plus raisonnable.

Josselin, rappelé au souvenir de sa position critique par la tournure peu rassurante que prenait
cette discussion, commença à redouter que sa
protectrice ne se lassât de plaider une cause si
difficile à gagner, il hasarda un regard dont la détresse ne pouvait manquer d'inspirer quelque
compassion à une femme.

—Messire Évrault, reprit-elle en se levant, je n'aurais pas cru que pour une pareille bagatelle...

—Sang du diable! interrompit le châtelain qui s'agitait sur sa chaise dans une impatience qu'il s'efforçait de contenir : sang du diable! madame, n'est-ce pas aussi une folle idée? Quel intérêt pouvez-vous prendre à ce manant?

—Un galant chevalier m'eût accordé ma requête sans m'en demander la raison, je serai moins discrète que vous n'êtes exigeant, messire, ce jeune compagnon est le plus savant chiromancien que j'aie vu. L'avenir et le passé n'ont pas de secrets pour lui.

Évrault jeta un coup d'œil sombre sur Josselin, et se détourna brusquement.

—Je n'aime pas ces gens-là, ils en disent souvent plus long qu'on ne voudrait en savoir. — Va donc te faire pendre ailleurs, et garde-toi, sur ton cou! de remettre les pieds ici.

Josselin s'avança vers celle qui l'avait sauvé, pour lui offrir l'hommage de sa reconnaissance; mais il n'en eut pas le temps. Le vieux comte de Porhoët, en apprenant qu'il était chiromancien,

se leva avec une vivacité qu'on n'eût pas attendue
de son apparente faiblesse, et, le prenant par le
bras, il lui dit d'une voix émue où une sorte de
crainte était mêlée au respect :

— Habile clerc, le ciel, dans ses voies mysté-
rieuses, vous a envoyé ici. Je murmurais injustement contre l'absence du Saint-Père; puisque j'ai
l'insigne faveur de vous rencontrer à sa place, je
serai plus fort pour me présenter devant lui, quand
vous m'aurez annoncé ce qu'il faut craindre ou
espérer.

Josselin, contrarié comme on peut se l'imagi-
ner, exprima par un regard à la dame, mieux qu'il
ne l'eût fait de vive voix, les sentimens qui l'ani-
maient; n'osant pas refuser le comte, il s'inclina
respectueusement pour marquer son obéissance,
bien décidé toutefois à abréger la séance de manière à se trouver au rendez-vous précieux qui
lui avait été marqué.

— Venez, docte devin, j'ai hâte de vous con-
seiller. — Ecuyers, précédez-nous.

— Noble comte, mon honoré père, dit Allan, il
me semble que l'Église blame la science chiro-
mancienne comme une œuvre du démon. Il n'ap-

partient à personne de pénétrer les mystères que
Dieu cache dans l'avenir.

—Je me joins à l'opinion du cousin, bien qu'à
vrai dire, ce ne soit pas dans des vues aussi ortho-
doxes ; sang du diable ! le cousin a parlé comme
un tonsuré. —Croyez-moi, monseigneur, n'ou-
vrez pas votre conscience à cet homme. C'est un
magasin d'où on n'aime pas à tirer les vieux péchés mis au rebut, comme des vêtemens en lambeaux qu'on a jetés de côté. Il serait aussi difficile
de rendre neuve une toque usée que de rappeler
à la vie ceux qui en sont délogés. Ainsi le mieux
est de laisser tout à sa place.

Le comte, sans leur répondre, sortit de la salle
accompagné de Josselin et de deux écuyers qui
avaient pris dans le chauffoir des morceaux de
bois allumés pour leur servir de flambeau. A
l'entrée de la porte, Allan qui le suivait s'approcha
du compagnon :

—Devin, des moines ambitieux ont troublé l'esprit de mon père en le menaçant de l'enfer. Si tu
tiens à sortir d'ici, garde-toi de dire rien qui
puisse l'inquiéter.

Le jeune homme allait répondre en termes pro-

près à rassurer le chevalier, mais le comte Eudon
ne lui en laissa pas le temps, il l'appela près de lui
en l'invitant à marcher à son côté, paraissant craindre que Josselin fut influencé par son fils.

Robert d'Arbrissel qui rentrait alors dans la
salle, témoigna une émotion peu ordinaire en
voyant Josselin dans la compagnie des Porhoët.
Ses yeux inquiets interrogèrent les figures du
comte et d'Allan, et, n'y voyant rien qui pût l'ef-
frayer pour son enfant d'adoption, il parut se rassurer sans néanmoins bannir toute crainte. Car,
au lieu de pénétrer dans la salle, il les suivit de
loin en prenant des précautions pour n'être pas
aperçu.

IV.

Arrivé dans la chambre qu'il occupait au château, le comte se laissa tomber sur le pied d'un
vaste lit qu'on lui avait préparé, tandis qu'Allan,
debout à quelque distance, les bras croisés sur sa
poitrine, examinait avec une secrète inquiétude
le visage flétri de son père agité par le remords.

Josselin avait pitié de cette angoisse cruelle dont
la source lui était connue sans qu'il pût encore en

préciser la raison. Il cherchait le moyen d'obéir
à l'ordre du comte en ménageant sa faiblesse, et,
à cet effet, s'aidant de la physionomie avant de
pénétrer dans les profondeurs du grand art, il se
plaça devant lui fixant un regard scrutateur sur
les yeux éteints du vieillard, qui, cédant à cette
influence magnétique, demeura bientôt immobile
comme fasciné par Josselin.

Les écuyers, retirés à l'extrémité de la salle,
avaient allumé une lampe dont la lueur indécise
projetait des ombres bizarres sur les tentures du
lit agitées par le vent qui pénétrait de tous côtés.
Josselin, armé d'une gravité imposante, prit la
main du vieillard, et, faisant signe à Allan
d'approcher la lampe, il examina avec attention
les lignes que l'âge et les passions y avaient tra-
cées ; caractères mystérieux, insignifians au vulgaire, et sur lesquels il trouvait de terribles révélations.

— Seigneur comte, dit-il d'une voix grave, oubliant, dans l'exercice de son art, les recomman-
dations d'Allan et ses propres résolutions, seigneur comte, vous avez commis des fautes dont
vous devez vous hâter d'obtenir le pardon. Le

temps n'est pas éloigné où vous rendrez vos comptes à Dieu.

Eudon tressaillit à ces mots, il releva la tête, promena ses yeux hagards sur Josselin, et, retirant sa main avec épouvante, il cria d'une voix oppressée :

— Miséricorde au pécheur ! miséricorde ! miséricorde !

— Seigneur comte, ne vous effrayez pas ainsi !

— Miséricorde au pécheur ! reprit le vieillard de plus en plus agité ; Allan, il est revenu pour me reprocher mon crime au lieu même où je l'ai commis !... Allan, mon cher fils, défends-moi.... Ame de mon frère, que me veux-tu? Miséricorde! miséricorde !

En achevant, le vieillard se couvrit les yeux pour ne pas voir Josselin qui était demeuré debout à la même place dans un étonnement pénible, et se renversant sur le lit, il y resta sans mouvemens.

Allan n'essaya pas de le rappeler à la vie. Un intérêt plus important semblait occuper ses pensées. Il le laissa aux soins des écuyers, à qui il fit signe d'approcher, et, prenant la lampe, il la passa plusieurs fois, sans mot dire, devant la figure de

8

Josselin non moins surpris de cette conduite du fils que de la terreur du vieillard.

La main du chevalier tremblait lorsqu'il posa la lampe sur le meuble où il l'avait prise, il dit d'un air dont l'indifférence affectée trahissait son agitation :

—Ne vous inquiétez pas, l'ami, mon père est sujet à de pareils accès, qui ne durent jamais long-temps ; cependant votre présence pourrait lui être funeste lorsqu'il reprendra ses sens.

Josselin n'entendit pas ces paroles sans plaisir, car il craignait qu'on ne lui attribuât l'évanouis-sement du vieillard. N'attendant pas une seconde invitation pour quitter cette chambre où il eût voulu n'être jamais entré, il salua le chevalier, quand celui-ci l'arrêta.

—Par les sept saints de Bretagne ! vous ne m'ê-tes pas inconnu ! Où vous ai-je déjà rencontré ?

—Votre seigneurie se méprend, c'est aujour-d'hui la première fois que j'ai l'honneur de la voir.

—Quel est votre nom ?

— Josselin.

— Vous vous nommez Josselin ! s'écria le che-

valier avec un visible étonnement. Il tourna la
tête vers le lit où son père était couché, et, conduisant le jeune homme vers la porte comme s'il
eût craint que leur conversation ne fût entendue :

— De quel pays êtes-vous?

— Je suis Breton, répondit Josselin, dont l'intérêt fut excité par la conduite étrange d'Allan.

— Vos parens sont-ils en Bretagne ?

— Je l'ignore, je n'ai jamais connu mon père.

Allan fronça les sourcils.

— Qui donc vous a élevé?

— Un vénérable prêtre m'a tenu lieu de famille.

— Il ne vous a pas dit à qui vous êtes allié?

— Hélas! non, j'ai eu beau le supplier de me
révéler le mystère de ma naissance, il m'a toujours refusé.

— Le mystère n'exige pas une forte pénétra-
tion, repartit Allan avec un rire forcé; je m'é-
tonne qu'un chiromancien ne l'ait pas déjà péné-
tré. Ou vous n'êtes pas un devin aussi habile qu'on
le dit, ou la science que vous professez n'est pas
aussi universelle que ses adeptes veulent le faire
croire, si vous n'avez pas découvert que ce saint

homme est votre père. A vous parler vrai, l'ami, je vous soupçonne d'être un malin imposteur. De plus honnêtes gens que vous ont été pendus comme mécréans et sorciers. Quittez cette chambre au plus vite, je crains que vous ne jetiez vos sortiléges à mon père.

En parlant ainsi il poussa durement Josselin, qui se retira en toute hâte sans chercher à se disculper d'imputations auxquelles il était convaincu que ne croyait pas celui qui les faisait. Trop ému dans ce moment pour arrêter son esprit sur les vagues pensées que lui suggéraient les choses qu'il venait de voir et d'entendre, et pressé d'un désir qui remplissait son cœur, il se dirigea à la hâte vers le lieu que la jeune fille lui avait assigné pour rendez-vous.

Dès que Josselin fut parti, Allan se rendit dans la salle où Évrault était resté seul occupé à vider la bottrine de vin de Bourgeuil, dans l'espoir d'y trouver l'oubli de l'impression fâcheuse que la visite de Geoffroy-Martel lui avait laissée.

— Tu arrives à propos, dit-il en apercevant Allan, viens çà, cousin, bois un coup, et tu me conteras après quelque bon propos gaillard, je

m'ennuie comme un damné. Mais, sang du diable!
tu n'es pas en train de rire, tu as la figure aussi
triste que la tête d'un veau. Le devin a-t-il prédit
que ton père doit encore vivre dix ans?

—Le devin est un drôle, un imposteur ef-
fronté.

— Ah! j'ai frappé juste, il paraît.

—Èvrault, parlons sérieusement, dit le chevalier
qui éprouvait quelque embarras pour s'exprimer.

Tu as un ennemi redoutable dans le fils de Foul-
que-Réchin; la sommation qu'il t'a faite...

— C'est le moindre de mes soucis, interrompit
le châtelain; le vieux Réchin a ses raisons pour
me donner gain de cause, je lui vaux plus d'argent
moi seul qu'il n'en tire de tout son comté; j'irai
à Angers les mains pleines, c'est un moyen infail-
lible d'être toujours bien accueilli. —Mais je vois,
cousin, ce que signifie cet exorde, tu as besoin de
moi ce soir et tu veux, en échange de ce service,
me promettre ton secours si mes affaires s'em-
brouillaient, je devine à demi mot. Touche-là, le
pacte est conclu, je suis à toi, tu es à moi, que te
faut-il pour commencer?

— La vie du chiromancien.

— N'est-ce que cela ? je m'attendais à autre chose. — Il tourna sur Allan un regard de pitié, et reprit avec une joie comprimée : — N'importe, le marché est fait, nous nous sommes serrés la main. Si Geoffroy-Martel, le pape ou l'enfer me menacent, Allan de Porhoët se rangera au nombre de mes défenseurs.

— A ta première réquisition tu me verras arriver. — Évrault, ne perdons pas de temps, ce manant pourrait s'échapper.

— A moins qu'il ne s'envole pardessus les palissades, je n'en vois pas le moyen. Cependant, si tu es pressé, je ne veux pas te faire languir, viens ça cousin.

Il se leva, et, prenant Allan par le bras, tous deux sortirent avec la même tranquillité que s'ils fussent allés s'acquitter d'occupations journalières.

— Si tu voulais que l'affaire se fît sans bruit, j'ai au fond de mes souterrains un trou dont on ne revient pas. Nous pourrions, dès ce soir, le loger dans mes oubliettes.

— Je préfère le voir pendre, répondit Allan après quelque hésitation.

— Prudent et soupçonneux, voilà bien un vrai Breton. Demain au point du jour, tu auras cette satisfaction, il est trop tard ce soir pour préparer la potence.

Au coin du corridor, qui donnait entrée dans la salle, ils aperçurent l'ombre d'un homme arrêté dans l'angle de la muraille. Evrault, en s'approchant, reconnut Robert d'Arbrissel.

— Sang du diable ! messire l'abbé, vous n'êtes pas encore rentré ! attendez-vous quelque fillette pour réchauffer votre couche.

L'obscurité qui régnait dans ce passage ne permit pas aux deux complices d'apercevoir sa figure car ils y eussent découvert la connaissance de leur projet. Le cénobite se détourna sans répondre et se retira à pas lents.

Sous le porche, ils rencontrèrent Josselin qui le traversait suivant de loin le ménestrel. La voix d'Évrault glaça son cœur qui nageait dans une douce ivresse.

— Holà, maître compagnon, où vas-tu donc si pressé ?

— Je cherche le logement des hôtes, répondit Josselin interdit.

— Ce n'est pas de ce côté, je te destine une retraite où tu passeras la nuit sans que des bruits
importuns troublent tes méditations. — On dit
que tu es un devin des plus habiles, je serais curieux de mettre ta science à l'épreuve. Je gage un
marc d'argent que je connais ta destinée mieux
que toi.

— Peut-être la vôtre ne m'est-elle pas incon-
nue, répartit Josselin qui pressentait où Évrault
voulait en venir.

— Peut-être ! mais commençons par toi. Sais-
tu où tu seras demain ?

Josselin, d'un coup d'œil sur Évrault, vit tout ce
qu'il avait à craindre. Une sueur froide mouilla
son front, ses genoux fléchirent sous lui. Néanmoins, dans ce moment même que tout espoir semblait perdu, sa foi ne l'abandonna pas. Fort des
révélations que la chiromancie lui avait faites, il se
dit que sa vie ne pouvait être tranchée avant le
terme prédit. Appelant tout son courage, il répondit d'une voix calme :

— Je suis en votre pouvoir, seul et désarmé
dans ce château où cent bras sont prêts à exécuter vos moindres volontés. Vous pouvez croire

dans votre orgueil que ma vie vous appartient;
mais Dieu veille entre nous. Quelles que soient
vos intentions à mon égard, je sortirai d'ici sain
et sauf.

— C'est bon, j'accepte le défi, répartit Évrault
sur qui l'assurance de Josselin fit une certaine
impression; demain, au point du jour, tu seras
conduit au gibet. Le répit n'est pas long, mais il
suffit à un homme qui a le diable à son service.
Si tu t'échappes jusque là, tu seras un habile sor-
cier.— Holà! Florent, conduis cet homme en lieu
sûr, et serre-le de près, car on dit qu'il possède
un charme pour ouvrir portes et verroux.—Maintenant, cousin, allons dormir.

Quand les deux seigneurs eurent quitté Robert
d'Arbrissel, celui-ci en proie à une agitation extrême parcourut rapidement les longs corridors,
s'arrêtant parfois en joignant les mains sur son
front pour rassembler ses pensées.

— Ah! mon Dieu éclairez-moi! comment sauver cet enfant !.... Race infâme des Porhoët! les
misérables veulent le tuer parce qu'il ressemble
à son père! et c'est là tout son crime! Seigneur,
Seigneur! le règne des méchans doit-il durer

toujours !.... O Josselin, pourquoi as-tu voulu pénétrer ce mystère ! Et toi, Renaud, imprudent
vieillard, qui appris à cet enfant une science que
les plus sages n'abordent qu'en frémissant.....
Mais comment le sauver ! prières, menaces, promesses, tout céderait à l'ascendant des Porhoët...
Si je l'arrachais à Évrault, comment le préserver
d'Allan... N'est-ce pas lui qui a demandé sa mort,
lui qui le tuerait de sa main si l'autre ne s'en char-
geait pas... Du moment qu'il l'a reconnu, comment
le laisserait-il vivre. — Le pieux cénobite s'arrêta
à l'extrémité du corridor. Son corps était tremblant, des larmes roulaient dans ses yeux. — Il
faut m'y décider, car je n'ai pas le choix ; c'est le
seul moyen, le seul! Pauvre femme, pardonne si je
te fais rougir, si je rouvre dans ton cœur une plaie
encore saignante... Sa vie est à ce prix, tu ne m'en
voudras pas !.... Et toi, âme sainte, noble Mengui,
toi qui du haut des cieux as vu de quelle tendresse
j'ai entouré le cher objet que tu confias à mes soins,
pardonne à ton ami, s'il révèle le secret que tu lui
fis jurer d'emporter dans la tombe! La vie de ton
enfant, de notre Josselin en dépend... puisse le
ciel permettre que je le sauve encore !

Le temps s'écoule, il faut lui parler sans retard.

Il sortit à ces mots, traversa la cour déserte, et entra dans les passages qu'Allan avait parcourus sur les pas du sénéchal à son entrée au château. Arrivé devant le porche de menuiserie, Robert d'Arbrissel ouvrit l'un des battans et pénétra sans s'annoncer dans la chambre de la châtelaine. Une lampe de fer suspendue au plancher, projetait une faible lueur dans le cercle de ses rayons, et livrait à l'obscurité tout le reste de la salle.

— Qui est là ? dit Aremburge, étonnée qu'on entrât si librement chez elle à cette heure avancée.

— Un chrétien, un ami, qu'une affaire pressante amène auprès de vous.

Robert continua d'avancer. Rendu sous la lampe, il aperçut Aremburge et sa fille Adélaïs, à genoux devant un prie-Dieu. Le visage de la châtelaine était inondé de larmes, une angoisse profonde s'y peignait. Adélaïs pleurait aussi, mais par sympathie pour sa mère.

— Madame, dit le cénobite, veuillez m'accorder un entretien particulier.

Aremburge étonnée de l'extérieur de Robert et

de sa demande à cette heure indue, parut consulter sa fille.

— C'est le saint homme Robert d'Arbrissel dont je vous ai parlé, ma mère, répondit Adélaïs à voix basse.

Aremburge s'inclina devant Robert avec une pieuse vénération, et, baisant sa fille sur le front, elle lui dit de se retirer.

— Madame, reprit Robert en s'asseyant sur le siége qu'elle lui présenta, je viens solliciter votre compassion en faveur d'un malheureux jeune homme que votre époux a condamné ce soir.

— Encore ! murmura-t-elle, mon Dieu quelle existence ! Hélas, mon père, je ne puis vous offrir qu'une compassion stérile, je n'ai aucun pouvoir ici.

— Vous êtes l'épouse d'Évrault.

— Oui, dit-elle d'une voix sourde, son épouse, mais non sa compagne. — Quelle expiation, mon Dieu !

— Nos fautes sont quelquefois cruellement punies sur cette terre, mais plus le châtiment est grand, moins nous sommes exposés à faire de nouvelles chûtes. Vos souffrances sont précieuses madame, elles mériteront votre pardon.

Elle leva sur lui ses yeux mouillés de larmes, et le regarda d'un air de surprise et de crainte.

— Mon pardon ! oh je l'ai acheté bien cher.

— Vos maux eussent été moins amers si vous vous fussiez moins complue à les nourrir, si vous aviez eu la vertu de moins vous occuper de vous...

Elle sourit tristement et joignit les mains en les élevant au ciel comme pour le prendre à témoin de l'injustice de ce reproche.

— Si, cessant de vous consumer dans des regrets inutiles et d'amolir votre âme en vous repaissant du passé, vous eussiez compris la mission sainte et glorieuse que vous aviez à remplir. Vous êtes vous bien efforcée de soulager les infortunes que votre époux a causées ? c'était votre devoir, madame, c'eut été votre récompense ; il est si doux de faire le bien. — Je vous offre l'occasion d'exercer votre charité, de prévenir un nouveau crime, de sauver un innocent ; la laisserez-vous échapper ?

— Eh bien, que faut-il faire ? Dites-le moi, je suis prête à tout. — Voulez-vous que j'aille me jeter aux pieds d'Évrault ? il ne m'écoutera pas, et loin d'accorder la grâce de ce malheureux il avancera son supplice.

— Et n'est-il pas d'autre moyen que de solliciter Évrault ? Songez y madame, il y va de la vie
d'un homme ; il y va de votre repos, car de justes
remords vous assiégeraient bientôt si vous le lais-
siez mourir.

— Ah mon Dieu, révérend, vous faites-vous un
jeu de briser l'âme d'une pauvre femme ? Vous
semblez me rendre comptable des emportemens
d'Évrault, mais sachez-le donc, je ne suis rien
ici... rien que sa première victime.

Elle cacha dans ses mains sa figure inondée de
larmes, et reprit d'une voix oppressée.

— Mon père, cet homme est-il de ses vassaux ?

— C'est un étranger, un voyageur que la Providence, dans ses voies impénétrables, a conduit
ici.

— Qu'a-t-il fait ?

— Rien. Évrault a pris pour prétexte une querelle qu'il a eue avec le sénéchal.

— Ma fille m'en a parlé... Elle ne m'a pas dit
qu'aucun danger le menaçât.

— Évrault a cédé au vœu des Porhoët, qui ont
demandé sa mort... Madame, cette seule raison
doit vous déterminer à le sauver.

Elle tressaillit sur sa chaise, et son regard inquiet chercha les yeux du cénobite.

—Les Porhoët, dites-vous, veulent sa mort... Qu'ai-je de commun avec eux...

Sa voix était craintive, une vive rougeur couvrait son front.

—Pourquoi cette raison plus qu'une autre?...

—Madame, votre trouble atteste que vous m'avez compris...

—Ciel! que voulez-vous dire? révérend père... Cet homme qu'ils veulent tuer .. quel est-il?

—Cet enfant est sans nom; son père, en mourant, me l'a confié, je l'ai nourri loin des hommes, je lui ai inculqué l'amour de Dieu et du prochain... J'ai concentré sur lui toutes mes affections terrestres... Eh bien, ils veulent l'assassiner!... Madame, le souffrirez-vous? Laisserez-vous mourir mon Josselin?

—Josselin? s'écria-t-elle, mon père il se nomme Josselin! — Et palpitante, le sein gonflé, elle fixa sur Robert un regard enflammé. — Quand veulent-ils le tuer? dit-elle d'une voix sourde.

—Demain, au lever du jour, il aura cessé de vivre.

—En êtes-vous sûr?

—Madame, les Porhoët partiront à cette heure, n'est-ce pas vous en dire assez.

—Encore les Porhoët! Pourquoi toujours me parler d'eux?

— Parce qu'il le faut pour vous intéresser à lui.

—Eh, qui est-il donc? dit-elle en se tordant les mains; si vous saviez, mon père, combien vos paroles me font mal! Parlez, à qui doit-il le jour?

—Madame, répondit Robert d'une voix lente et solennelle, pourquoi me forcez-vous de vous rappeler des images que le temps a presque effacées, et d'ouvrir ainsi devant vous une source nouvelle de douleurs. J'espérais émouvoir assez fortement votre sensibilité pour qu'à tous risques vous l'eussiez sauvé, mais puisque vous n'avez pas répondu à l'appel que j'ai fait à votre compassion en faveur d'un étranger, c'est maintenant à votre cœur que je parle... Madame, cet enfant est le fils de Mengui!

Elle poussa un cri déchirant, et se renversa sur sa chaise. La pâleur de la mort couvrait son visage, sa poitrine haletait comme si elle fût près d'expirer. Robert, debout devant elle, la consi-

dérait les mains jointes d'un air de profonde pitié ; elle demeura assez longtemps sans parole et
sans mouvement, n'accusant son existence que
par des spasmes et des gémissemens étouffés,
puis tout à coup elle se releva, et serrant les
mains du prêtre :

—Mon père! dit-elle avec un accent énergique,
attendez-moi ici, je reviendrai bientôt.

—Songez qu'il y va de sa vie, avez-vous le
calme et le sang-froid nécessaires.

—Mon cœur y suppléera, répondit-elle avec un
sourire ineffable; Dieu! je vais le voir, et je l'ai
tant pleuré! Oh! je suis forte à présent.

—Les femmes sont des créatures éminemment
passionnées, dit le cénobite en la voyant sortir; la
raison chez elles est esclave du sentiment, la tête
obéit au cœur; il faut avoir pour elles une charité
inépuisable, et se garder de les condamner légè-
rement, car souvent elles ont mérité leur pardon en commettant le péché.

Il fit le signe de la croix, et s'agenouilla devant
le prie-Dieu.

V.

La dame d'Évrault se rendit dans une chambre où veillait un écuyer.

— Monseigneur est-il couché ? demanda-t-elle.

— Oui, madame, depuis une heure, il partage son lit avec messire Allan.

— Dorment-ils ?

L'écuyer lui fit signe d'écouter, et l'on entendit

deux ronflemens sonores marchant en cadence
dans la salle voisine.

—Maur, tu oublieras que je suis venue.

—Je l'ai oublié, madame, répondit l'écuyer
d'un ton qui annonçait qu'elle pouvait se fier
à lui.

Aremburge sortit, traversa la cour, et s'avança
sous le porche; elle ouvrit une porte basse devant
laquelle était une sentinelle, et se trouva dans une
petite pièce voûtée au milieu de laquelle brûlait,
sur une table de pierre, une lampe à main, dont
la mèche, presque éteinte, répandait une odeur
fétide; étendu dans un coin, sur un tas de paille,
un homme dormait profondément; il portait à sa
ceinture de cuir un long poignard et un trousseau
de clés. Aremburge le toucha du pied, il grogna
sourdement, et se retourna sur sa couche.

—Florent! debout, réveille-toi!

A la voix de la châtelaine, il ouvrit les yeux,
secoua la paille qui le couvrait, et se leva pres-
tement.

—Votre seigneurie m'excusera, dit-il, en ôtant
son bonnet; voilà tantôt deux nuits que je n'ai pas
fermé l'œil.

—Tu dormiras tout à l'heure. —Florent, tu as un prisonnier?

—J'en ai plus d'un, Dieu merci.

—Je te parle d'un nouveau.

— Effectivement, j'en ai logé un ce soir, un beau brin d'homme, sur ma foi! C'est dommage qu'il n'ait pas le temps de faire connaissance avec moi. Il partira demain matin.

—Il partira! dit Aremburge.

— Oui, pour aller au gibet, le voyage sera bientôt fait, il n'aura pas le temps de s'ennuyer en chemin.

— Conduis-moi dans sa prison.

— Votre seigneurie ferait mieux d'attendre le jour, je le ferai monter ici.

—Je veux y aller à présent.

—Votre seigneurie en a le droit, sans contredit, ce que j'en disais était pour la prévenir que c'est un peu sale en bas.

Il prit la lampe dont il releva la mèche et ouvrit une porte de chêne garnie de traverses en fer, qui donnait sur un escalier.

— Votre seigneurie fera bien de regarder à ses pieds, car les degrés sont glissans, et c'est un lit

diablement dur quand on s'y étend de son long. Je
peux en dire quelque chose, moi, qui porte encore
leurs marques.

En parlant ainsi, le geolier, éclairant de son
mieux devant la châtelaine, descendit avec précaution un escalier raide et étroit; dont les marches inégales étaient luisantes d'humidité. Au bas
de l'escalier, ils trouvèrent un corridor voûté,
percé de deux rangées de portes, hautes à peine
de quatre pieds. Des bruits étranges de sanglots
et de gémissemens, que répétait l'écho lointain de
la voûte, augmentait l'épouvante qu'inspirait cet
horrible lieu. Aremburge sentit un frisson pénétrer son corps, elle s'arrêta à l'entrée de la galerie saisie de tristesse et d'effroi. Néanmoins, se
rappelant le motif qui l'amenait, elle avança réso-
lument.

— Votre seigneurie va trop vite, nous ne sommes pas encore rendus, dit le geolier occupé à
choisir une clé dans son trousseau.

Il tourna la cage de l'escalier et ouvrit une
porte qui commandait d'autres degrés.

— Votre seigneurie ne connaît donc pas son
château. C'est pourtant une belle pièce et bien

garnie de prisons. Nous avons, ma foi, deux éta-
ges dont le premier est à trente pieds sous le sol,
sans trop nous flatter, nous pourrions presque en
compter trois.— Madame, cet escalier est encore
plus glissant que l'autre, appuyez-vous le long du
mur. — Je disais trois, y compris les oubliettes,
comme monseigneur les appelle. Par exemple,
ceux qu'on y descend ne courent pas grand risque
de tomber dans l'escalier, car on les jette là de-
dans comme un fagot de bourrées. On dit que çà
n'a pas de fond, que çà conduit à l'enfer; le grand
saint Florent, mon patron, me préserve d'y aller
voir, j'ai froid rien que d'y penser.— Il frissonna
bruyamment.— Il faut être de bon compte, on ne
s'en sert pas souvent.

— Tais toi ! s'écria la châtelaine dont la figure
prit une expression d'horreur ; mon Dieu, murmura-t-elle, peut-être ces oubliettes seront-elles
aussi mon tombeau... Eh ! que m'importe si je le
vois, si je l'arrache à la mort.

— Florent, d'où viennent ces plaintes ? Il y a
donc aussi des prisonniers à l'étage supérieur ?

— Nous en avons partout, madame, Dieu merci,
j'ai de la besogne, messire Évrault ne me laisse

pas languir d'ennui. On met là haut les habitués,
ceux à qui on donne leurs aises ; des cachots de six
pieds et une botte de paille tous les mois. Ils se
portent là comme des charmes, ici c'est une autre
affaire, ils ne tiendraient pas longtemps. — Ah çà
nous voilà rendus.

Une galerie beaucoup plus basse que celle de
l'étage supérieur se présenta devant eux. De longues stalactiques formaient des festons à la voûte,
les murs suintans étaient couverts d'une mousse
verdâtre. Le sol boueux et délayé nourrissait des
champignons et d'autres plantes de cette famille.
Un bruit sourd, monotone et continu résonnait
lugubrement dans cet affreux souterrain.

—Votre seigneurie paraît étonnée, dit Florent,
qui regardait Aremburge de l'air flatté d'un cice-
rone dont le rôle lui permet de traiter presque
d'égal avec l'étranger qu'il conduit. Ce que vous
entendez là, c'est la voix des oubliettes; jamais çà
ne cesse un instant de geindre et de se lamenter.
On dit que cela vient d'un courant d'eau qui passe
au fond ; mais à d'autres, mon compère, ce bruit
là sort de l'enfer, ou bien je ne m'y connais
pas.

Tout en parlant, il posa la lampe à terre, et ouvrit une petite porte solidement ferrée, munie de deux verroux en outre de la serrure.

. — Compagnon, réveillez-vous, je vous amène une visite... Une belle dame, par saint Florent ! ajouta-t-il en clignant l'œil d'un air malin.

Josselin était assis sur un banc de pierre qui occupait la moitié du cachot. Un carcan de fer passé autour de son cou était scellé dans le mur. Par un rafinement de barbarie qu'on aurait peine à concevoir, si les anciens châteaux ne nous offraient pas encore des cachots tels que celui-ci, exemple honteux des cruautés seigneuriales, le malheureux prisonnier, privé d'air et de lumière, ne pouvait pas même s'étendre entièrement ni se dresser sur ses pieds. Il était condamné à se replier sur lui-même, à raccourcir ses membres inertes, serré entre des murs étroits, comprimé sous une voûte basse, comme dans un cercueil de pierre.

— Florent, va m'attendre à l'étage supérieur, tu viendras quand je t'appellerai.

Le geolier s'étant retiré, Aremburge avança à l'entrée du cachot ; en la voyant, Josselin fit un mouvement de joie.

— Noble dame, je n'osais pas m'attendre... et, reconnaissant son erreur, il tourna la tête avec dépit et confusion sans daigner même accorder un second regard à la dame qui le visitait.

Celle-ci, appuyée sur la porte, le contemplait dans une indicible extase, un sourire de béatitude épanouissait sa figure sur laquelle coulaient deux grosses larmes.

—Mengui! Mengui! balbutia-t-elle. Son cœur gonflé n'en pouvant plus, elle éclata en sanglots.

Josselin alors leva les yeux, et, voyant cette dame dont l'extérieur annonçait un rang distingué, descendue dans son cachot, l'appelant d'un nom inconnu et paraissant gémir sur lui, il éprouva un étonnement mêlé de doute et d'espoir. La foi qui l'animait en parlant à Évrault et que le séjour du cachot avait un peu ébranlée, lui revint dans toute sa force, avec toutes ses illusions. Il se persuada que la présence de cette dame devait se lier comme la conduite des Porhoët au mystère de sa naissance, il se dit que la sentence d'Évrault ne pouvait être exécutée, puisque la chiromancie lui promettait un avenir qui n'était pas réalisé, et, repoussant toute inquiétude, il se crut enfin arrivé au terme de ses désirs.

— C'est l'image vivante de son père, murmura Aremburge, qui pourrait méconnaître le fils de Mengui ! Oh ! ce n'est pas mon cœur ! Vierge du ciel, soyez bénie ! Mais quelle expiation, mon Dieu ! le voir là, devant moi, dans toute la force de l'âge quand je l'ai tant pleuré, et ne pouvoir pas l'embrasser, ne pouvoir pas le nommer de ce nom qui légitimerait mes caresses et m'obtiendrait son amour.

— Josselin ! dit-elle après une pause employée à se remettre, vous serez étonné peut-être de l'émotion que j'ai ressentie en vous voyant dans ce cachot, elle est la suite de la sympathie que m'a inspiré le désespoir de votre père.

— Mon père ! s'écria Josselin sans la laisser achever, il existe ! vous le connaissez, madame !

— Le vénérable Robert d'Arbrissel est ici, dit-elle avec difficulté.

— Ah ! il est ici ! répéta Josselin paraissant éprouver un sentiment de joie qui s'effaça presque aussitôt.

— Il m'a fortement intéressé à votre sort, reprit-elle, pauvre enfant, vous êtes orphelin, vous n'avez jamais connu la tendresse d'une mère, vous avez dû bien souffrir !

— L'affection du saint abbé et celle de mes frères m'ont rendu longtemps heureux, répondit Josselin étonné ; je ne pouvais pas regretter alors ce qui m'était inconnu...

— Et maintenant, dit-elle d'une voix oppressée, vous souffrez de cet isolement ?

— Je voudrais pénétrer le mystère de ma naissance, dit-il avec hésitation. — Oh! soyez bénie, madame, grâce à vous, je le découvrirai.

Elle rougit et pâlit alternativement.

— Et vous croyez que votre bonheur en dépend ?

— Mon avenir, ma destinée, tout s'y rattache !... Mais vous m'interrogez et je vous réponds, madame... Déjà chose pareille m'est arrivée ce soir avec un chevalier... et la sentence d'Évrault a suivi cet entretien...

— Oh! il me soupçonne ! il me prend pour la complice des Porhoët, s'écria la châtelaine d'un ton déchirant. — Mais tu fais bien, sois défiant, tes ennemis sont forts et perfides, sois en garde con-

tre tout le monde, sois-le contre moi-même... ne
suis-je pas l'épouse d'Évrault ! — Un geste d'inquiétude échappa à Josselin. — Vas, sois tranquille, je ne lui ressemble pas... Il t'a renfermé
ici et je viens pour te sauver.

— Qui me le garantit, madame, répartit le
jeune homme dont toutes les idées étaient con-
fondues.

— Qui ! mais regarde-moi donc, et ne me dis
plus de ces mots... — Elle s'arrêta, et, changeant
de ton, — Josselin vous reconnaissez bien mal
l'intérêt que je vous porte.

— Madame, répondit Josselin de plus en plus
étonné, ne m'avez-vous pas engagé vous-même
à être défiant : tout en vous m'attire, mon cœur
est touché de votre bonté, mais je suis dans les
fers, condamné à mourir ; vous êtes l'épouse d'É-
vrault... Si vous voulez me tranquilliser, permettez-moi de regarder votre main.

Elle sourit tristement et lui tendit sa main ; Josselin la considéra un instant, et, la baisant respectueusement, il la laissa retomber.

— Pardonnez mes soupçons, vous êtes bonne
et éprouvée, madame, vous avez trop souffert

pour n'être pas compatissante. J'aurai en vous désormais une confiance qui ne le cédera qu'à mon dévouement.

— Eh bien! promets-moi de fuir les Porhoët, car ils en veulent à ta vie. Toute cette race est infâme, rien n'est sacré pour elle... Oh! si tu savais, Josselin... Elle s'arrêta en rougissant.

— Madame, vous n'achevez pas, reprit le jeune homme, cependant, je le vois, vous connaissez ma naissance... Au nom du ciel, révélez-moi ce mystère, j'ai peut-être une famille, une mère; madame, vous êtes femme et sensible, vous aurez pitié de moi.

— Pauvre enfant, dit-elle en lui passant affectueusement la main sur les cheveux; tu parles de ta mère, combien elle eût été glorieuse d'avoir un fils tel que toi.— Hélas! Josselin, n'y pense jamais, tu es orphelin, sans famille, Robert d'Arbrissel me l'a dit.— Mon Dieu! la nuit s'avance, j'oublie que tu n'es pas sauvé...Si Évrault...S'il était trop tard...

Elle sortit précipitamment du cachot et appela le geolier; celui-ci étant descendu, elle lui ordonna d'aller chercher deux gardes pour emmener le prisonnier.

—Josselin, reprit-elle, ne t'effraie pas, que devant eux je redevienne la dame Évrault, tout serait perdu si j'éveillais leurs soupçons.

Peu d'instans après Florent arriva accompagné des hommes d'armes. Il paraissait inquiet et mécontent de livrer son prisonnier.

— Votre seigneurie veut donc me l'ôter déjà, dit-il en se grattant l'oreille : j'avais ordre pourtant de le garder jusqu'à demain. Voyez comme il est bien ici, on n'a pas à craindre qu'il s'enrhume en s'exposant à la rosée.

— Veux-tu prendre sa place, dit sévèrement Aremburge, fais ton devoir et tais-toi. — Jeune homme, continua-t-elle en s'adressant à Josselin sans oser le regarder : la colère d'Évrault est terrible, vous pouvez encore l'éviter. Des supplices affreux vous arracheront l'aveu que je vous demande, si vous persistez dans votre obstination.

— Qu'importe, dit Josselin.

— Qu'on l'emmène.

— Compagnon, dit Florent en détachant les fers, vous avez tort de faire le récalcitrant, car Monseigneur ne badine pas ; nous avons ici un appareil de tortures qui feraient renier Dieu à

tous les saints du paradis. Enfin, si vous avez le
nerf de soutenir une épreuve, j'aurai le plaisir
de vous loger la nuit prochaine en attendant la
seconde.

La dame d'Évrault fit signe aux gardes de veiller sur le prisonnier, et précédée de Florent,
elle monta l'escalier avec une rapidité qui déce-
lait son agitation. Rendue en haut, elle s'avança
sous le porche et prêta une oreille inquiète. Tout
reposait dans le château. Elle fit à Josselin un
geste d'encouragement et ordonna aux gardes de
la suivre avec lui. La cour était déserte et sombre ; un silence profond régnait dans le corridor.
En passant devant la chambre où dormaient
Évrault et Allan, elle éprouva une anxiété douloureuse ; néanmoins, s'armant de courage, elle
continua d'avancer. Arrivée à son appartement,
elle ouvrit l'une des portes, fit entrer Josselin,
et commanda aux hommes d'armes de rester dans
le corridor jusqu'à ce qu'on les appelât.

Aremburge, dont les forces étaient épuisées, se
laissa tomber sur une chaise, tandis que le cénobite à qui la vue de Josselin causait un plaisir
augmenté de toute la crainte qu'il avait eue de le

perdre, le serrait dans ses bras avec une tendre affection. Aremburge s'oubliant elle-même, les contemplait dans un ravissement intime, quand des éclats de voix qui retentirent au fond du corridor appelèrent sur ses joues la pâleur de la mort.

— Du vin, sang du diable! ou je vous égorge tous, criait le châtelain en colère.

— Évrault! murmura-t-elle, ô mon Dieu, nous sommes perdus!

Robert d'Arbrissel s'élança à la porte dont il poussa les verroux.

— Madame, remettez-vous, peut-être ne viendra-t-il pas ! Quel était votre projet, comment vouliez-vous sauver mon Josselin ?

— Par ici, dit-elle en désignant l'extrémité de la salle ; mais je ne sais plus, j'ai la tête égarée.

Le cénobite lui prit le bras, et lui dit un mot à l'oreille ; elle tressaillit, se leva machinalement et fit le tour de la chambre dans une agitation voisine de la folie. Elle ouvrit un meuble, y prit un flacon, et avala quelques gouttes de la liqueur qu'il contenait ; puis, revenant à la porte et n'entendant plus aucun bruit que le pas des gardes

10

qu'elle avait laissés en faction, Aremburge recouvra toute sa présence d'esprit.

— Venez, mes amis, dit-elle ; oh j'ai cru que j'allais mourir.

Elle décrocha la lampe, et, levant un pan de tapisserie qui cachait une petite porte, il virent un passage étroit pratiqué dans l'épaisseur du mur. Sur le point d'y entrer, Aremburge fut saisie d'une faiblesse subite, elle s'appuya sur la boiserie, et des larmes abondantes jaillirent de ses yeux.

— Qu'avez-vous, madame, ne pouvez-vous plus.....

— Oh si, rien n'est changé, rien, rien... quel souvenir ! — Mon père, lui dit-elle d'une expression de voix déchirante : depuis vingt-cinq ans ce passage est fermé ; il me rappelle une faute que j'expie encore, une perte que rien n'effacera... Ici, j'ai reçu son dernier baiser, nos mains pressées se sont désunies pour toujours... moment fatal ! il me pressait de partir, pourquoi ne l'ai-je pas suivi !

— Madame, répliqua sévèrement Robert, qu'a donc été votre repentir, si au bout de vingt-cinq

années de pareilles images vous obsèdent encore ?

— Le temps n'y fait rien, mon père ; oh ! vous
n'avez jamais aimé.

Le ton pénétrant de ces paroles imposa silence
à Robert. Il lui montra Josselin avec un signe expressif, et la châtelaine rappelée à l'actualité s'a-
vança dans le couloir. Ils trouvèrent bientôt un
escalier assez facile qui les conduisit dans un
souterrain divisé en plusieurs galeries. Aremburge
en prit une dont l'état de conservation annonçait
un usage fréquent ; et après l'avoir suivie pendant
une demi-heure environ, ils arrivèrent dans une
grotte ouvrant sur la forêt. Aremburge s'arrêta.

— Faut-il donc déjà le quitter ! peut-être ne le
verrai-je plus.

— Madame, vous allez vous trahir ! — Le jour
commence, nous n'avons pas de temps à perdre,
Évrault nous fera poursuivre.

Josselin s'avança pour prendre congé d'Aram-
burge ; il voulut lui exprimer sa gratitude. Sans
l'écouter elle lui jeta ses bras autour du cou et
l'embrassa avec tendresse.

— Madame, dit Robert en attirant le jeune
homme, je suis touché de l'intérêt que vous portez

à mon fils ; mais au nom du ciel, laissez-nous partir, le temps presse.

— Allez , je ne vous retiens plus , murmura-t-elle d'une voix éteinte. — Josselin, fuis les Porhoët, ils te tueraient jusqu'au pied de l'autel. Adieu... pense à moi... à celle qui t'a sauvé.

Elle demeura à la même place jusqu'à ce qu'elle n'entendît plus le bruit de leurs pas. Alors le cœur épanoui d'un indicible contentement, tandis que d'horribles transes venaient assiéger son esprit, elle rentra dans le château.

Au point du jour, l'escorte du comte Eudon était réunie dans la cour, mêlée aux varlets d'É-vrault qui s'étaient levé ce jour là de meilleure heure que de coutume. Le vieillard accompagné d'un écuyer, sortit de sa chambre et monta sur sa haquenée noire. Bientôt arrivèrent Évrault et Allan , appuyés fraternellement l'un sur l'autre comme deux ivrognes qui ont bu de compagnie et cuvé leur vin ensemble. En apercevant le vieillard, Allan jura entre ses dents — Cousin Évrault, nous avons dormi trop tard , voici mon père à cheval, je ne pourrai pas assister à la mort du compagnon.

— Eh bien le vieillard attendra ! D'ailleurs je

ne suis pas fâché de montrer à tes Bretons comment on s'y prend chez moi pour mettre un homme au gibet.

Sur l'ordre du comte Eudon les trompettes sonnèrent le départ.

— Mon père s'impatiente, je ne saurais demeurer. D'ailleurs, je désire avant tout qu'il ne voie pas ce manant. Fais en ton affaire, mon cousin, je compte sur ton amitié.

— C'est différent, je n'insiste pas davantage. Bon voyage ; demain ou le jour suivant nous nous reverrons à Angers.

Allan étant monté à cheval, rejoignit le comte Eudon. Le châtelain s'avança pour prendre congé de son hôte.

Celui-ci répondit en termes assez brefs à ses civilités, et le pria de faire appeler le chiromancien.

— Il est parti depuis une heure, votre seigneurie le rencontrera en chemin.

L'escorte prit ses rangs de marche. Évrault arrêtant Allan qui lui avait tendu la main, dit d'un air moitié plaisant, moitié sérieux :

— Cousin, tiens-tu beaucoup à la mort de ce manant ?

—Sans doute, mais tu le sais bien.

— Alors tu mériterais que j'eusse dit la vérité
à ton père en croyant lui faire un mensonge. A ta
place j'aurais tué le chiromancien de ma main,
plutôt que de partir sans l'avoir vu tourner l'œil.
J'ai pour principe de ne jamais confier à d'autres
ce que je puis faire moi-même.

— Évrault, explique-toi franchement, répartit
Allan avec une vive inquiétude ; tu m'as promis...

— Et je tiendrai ma promesse ou le diable s'en
mêlera. Fi, cousin, douterais-tu de moi ; j'ai voulu
seulement te donner un conseil d'ami. Jette un
coup d'œil de ce côté, tu seras pleinement rassuré.

Il lui montra une potence autour de laquelle la
plupart de ses gens avaient déjà pris place en attendant l'exécution. Le chevalier, bannissant toute
crainte, fit un signe de tête affectueux au châtelain, et rejoignit le cortège qui traversait le pont-
levis. Évrault les regarda chevaucher sur la clairière, en admirant la tenue des cavaliers qui
formaient la suite du comte et la vigueur de leurs
montures; puis, rentrant sous le porche, il ordonna au geôlier d'amener le condamné.

—Je ne l'ai plus, dit celui-ci en pâlissant. Madame Aremburge est venue le chercher cette nuit.

Évrault frappa du pied avec un horrible blasphème.

— Elle a parlé en votre nom, Monseigneur, je n'ai pas osé refuser.

— Dame Aremburge... Dame Aremburge ! grogna sourdement Évrault en parcourant la geôle avec une fureur concentrée.

— Elle a pris deux soudards pour escorter le prisonnier et le conduire devant vous, ajouta timidement Florent qui s'était blotti dans un coin.

— Ne mens-tu pas, triple gueux ?

— Je veux être pendu sur l'heure si ce n'est pas la vérité.

— Sang-du-diable, dame Aremburge ! — Il fit un geste menaçant. — Après cette plaisanterie que je viens de faire à Allan, il croira que j'ai manqué de parole, que je l'ai honteusement trahi..... Je n'ai pas assez d'ennemis sans m'aliéner mes parens... Dame Aremburge, ton châtiment me servira de caution... tu l'as mérité, sang-du-diable. Il sortit de la geôle et se retourna en criant :

qu'on laisse la corde au gibet , car sûrement on
pendra quelqu'un.

En arrivant dans la chambre de la châtelaine,
sa colère moins apparente n'en était que plus terrible. Il jeta un regard farouche sur sa malheureuse femme à genoux devant son prie-Dieu, et
s'approchant d'elle il lui appuya sa large main sur
l'épaule.

— Dame Aremburge , qu'as-tu fait du compagnon que j'ai condamné hier au soir ?

— Je l'ai fait évader , répondit-elle tranquillement.

La franchise de cet aveu étonna tellement
Évrault qu'il fut un moment sans parler.

— Ah tu l'as fait évader , répéta-t-il avec une
voix menaçante ; et tu ne l'as pas suivi après un
tel acte d'audace. Dame Aremburge , tu devrais
pourtant me connaître.

Il lui prit rudement le bras et la conduisit devant
une croisée qui ouvrait sur la cour.

— Tu vois cette potence, Aremburge ; si dans
une heure le compagnon n'y monte pas , tu seras
pendue à sa place.

Elle leva les yeux en tremblant, et vit sur la figure d'Évrault que cette menace s'exécuterait.

— Que ce soit donc dès à présent, murmura-t-elle à voix basse, car il est loin, il est sauvé. — Mon Dieu je vous remercie de prendre ma vie pour la sienne.

La résignation de sa femme apaisa la colère d'Évrault.

— Pourquoi l'as-tu sauvé ? demanda-t-il.

— Parce que sa mort inique eût entraîné votre perte.

Évrault lui fit signe de s'expliquer plus claire-ment.

— Ce compagnon est l'enfant adoptif du véné-rable abbé Robert d'Arbrissel dont la puissance évangélique vous est connue. Ce saint homme est venu me réclamer son fils que vous sacrifiez à la haine des Porhoët. Je le lui ai rendu, parce que la mort de cet innocent jeune homme eût demandé celle de Robert d'Arbrissel... et malgré votre au-dace vous n'eussiez pas ôsé commettre sur sa per-sonne le moindre attentat... Voilà ce que j'ai fait, messire... S'il vous faut encore une victime, vous êtes le maître de ma vie.

Évrault fronça les sourcils, croisa les bras der-

rière son dos et fit plusieurs fois le tour de la
chambre ; puis revenant vers Aremburge qui dé-
faillait :

— Je vais partir pour Angers, tiens-toi prête à
m'accompagner. — Après tout, le devin l'avait
prédit, il paraît décidément que cela devait arriver.

— Ma foi, Allan s'arrangera, on ne peut empêcher le diable de faire ce qu'il a décidé.

Il sortit sur cette conclusion.

VI.

Le lendemain de leur sortie du château, nos
fugitifs arrivèrent dans l'après midi en vue des
murailles d'Angers, capitale du comté d'Anjou.
Cette ville occupait le sommet d'un roc escarpé ,
sur la rive gauche de la Maine, un peu au-dessus
de son confluent à la Loire. Les chroniqueurs at-
tribuent sa fondation à César, dont ils retrouvent
un camp aux Ponts-de-Cé, à une petite lieue

d'Angers, que ce conquérant avait entourée d'une
forte muraille percée de quatre portes correspondant aux quatre points cardinaux. On remarquait encore, il y a fort peu d'années, des restes
de ces ouvrages. Dans le ixᵉ siècle, cette ville exposée aux incursions des Normands, fut souvent
pillée et brûlée. On releva ses murs en élargissant
une partie de l'enceinte qui se bornait à la cité,
vers l'époque où l'apôtre Défensor fut envoyé par
Lidorius, évêque de Tours, pour y prêcher l'é-
vangile.

Cet apôtre bâtit près du Capitole une petite
église qui occupait une partie de l'emplacement
où s'est élevé depuis la cathédrale Saint-Maurice.
La foi chrétienne fit de grands progrès en Anjou.
Ce fut là que l'ordre des bénédictins fonda ses premiers monastères.

Au xiᵉ siècle, l'évêché, ancien palais des comtes
d'Anjou, s'élevait sur les ruines du Capitole, ouvrage important des Romains. Le comte Ingelger
l'avait cédé à l'évêque Dodon en échange de son
château situé sur le bord de la Maine, dans une
position formidable, défendant l'entrée de la ville
qu'il commandait entièrement. Ce château flanqué

de dix-huit tours et bordé d'un large fossé servait d'habitation au comte Foulques-Réchin.

Robert d'Arbrissel voulant arriver à Angers en même temps que le saint père, avait laissé dans le bois, sous la garde de ses disciples, la troupe de fidèles qui formait ordinairement son cortége. Parti seul avec Josselin, il était accompagné alors de Geoffroy-Martel, qui lui avait donné rendez-vous la veille à l'abbaye de Saint-Florent-de-Mur (1). Le prince avait confié ses armes et son cheval à un écuyer qui le précédait, et, désirant arriver incognito à Angers, il portait alors le costume simple d'un marchand, sous lequel on eût difficilement reconnu le fils d'un comte couronné.

Josselin avait reçu l'ordre d'oublier le rang du prince dans les relations que ce voyage nécessitait avec lui ; mais il eut le bon esprit de conformer sa conduite au déguisement de Geoffroy, sans abuser de la liberté qui lui était accordée.

Il peut sembler étonnant aujourd'hui de voir l'héritier présomptif du comté d'Anjou le traverser à pied, en société d'un cénobite et d'un compa-

(1) Ce fut le premier nom de Saumur, bâtie au sommet d'un roc escarpé qui avait l'aspect d'un mur.

gnon, mais cela n'avait rien de contraire aux usa-
ges du temps. Souvent le soin de leur sûreté forçait les suzerains les plus puissans à employer de
pareils expédiens pour passer sur les terres de
leurs grands vassaux avec lesquels ils vivaient rarement en bonne intelligence.

La position difficile de Geoffroy-Martel, qui,
n'ayant par lui-même aucun pouvoir, avait entrepris de réprimer les brigandages féodaux que
son père protégeait presque ouvertement, le mettait dans la nécessité de recourir à toutes sortes
de déguisemens pour parvenir à son but ou se
sauver des embûches qu'on lui tendait. Plus souvent encore, et cela toutes les fois qu'il était seul
exposé, son caractère chevaleresque et aventurier
le portait à affronter le danger; il marchait hardi-
ment au milieu de ses ennemis, sans autre défense que son intrépidité et l'étonnante vigueur
qui l'avaient rendu le plus redoutable champion
de l'occident. Aussi, malgré le désaccord qui existait entre le prince et son père, bien qu'il fût réduit à ses propres moyens, et que le vieux Foulques, dont il contrariait les desseins, loin de lui
donner aucun témoignage d'affection, eût peut-

être intérieurement béni celui qui l'eût délivré de ce censeur incommode ; sa réputation de valeur inspirait un tel respect qu'on osait rarement l'attaquer.

Depuis plusieurs années, on l'avait vu, presque toujours sans suite, parcourir intrépidement l'Anjou et les provinces voisines qui relevaient du comté, occupé, comme les paladins errans dont les exploits vivaient encore dans le souvenir du peuple, à secourir les opprimés. Évitant les châteaux, il cherchait l'hospitalité au foyer des manans, écoutait leurs plaintes et leur faisait rendre justice. Son apparition dans une contrée était signalée par les pauvres comme une faveur du ciel, car ils savaient qu'elle était toujours suivie d'un adoucissement à leurs maux. Les gentilshommes, au contraire, qui, retirés dans un manoir avec quelques coupe-jarrets, exerçaient impunément autrefois leurs brigandages sur les campagnes, tous ces tyrans en sous-ordre qui dans l'intervalle des guerres n'avaient pour ressources que le vol et les rapines, tremblaient en apprenant l'arrivée de Geoffroy-Martel. Les terribles exemples qu'il avait faits de quelques uns ne laissaient plus aux autres que

le choix de changer de conduite ou de quitter le
pays. Les moines avaient appris aussi à le bénir et le proclamaient hautement comme un champion armé par Dieu pour le triomphe de la foi, car,
dans ce siècle grossier où la religion consistait
pour le plus grand nombre dans les pratiques
d'une dévotion superstitieuse, il arrivait souvent
que les seigneurs qui la veille comblaient une
église de présens pour obtenir la rémission de
leurs péchés, ou l'entrée en paradis de parens
qu'ils avaient perdus, changeant d'idée le
lendemain, soit par un différent survenu avec
le clergé, ou par un retour d'impiété, cherchaient à se rembourser de leur générosité sur
les terres de la même église. Les moines alors,
pour qui les foudres ecclésiastiques n'étaient pas
toujours une protection efficace, recouraient dans
leur détresse à l'appui de Geoffroy-Martel.

Le jeune chevalier, en prenant leur cause dans
toute occasion, n'était pas guidé par le même esprit de fanatisme aveugle qui inspirait les dona-
tions de quelques grands renommés pour leur
dévotion. Robert d'Arbrissel avait éclairé sa foi.
Il savait que la plupart des gens d'église mécon-

naissant le christianisme, considéraient la religion comme un moyen de servir leur ambition ; mais il savait aussi que le clergé, malgré son ignorance et son avidité, servait de frein aux empiétemens tyranniques des nobles, de protection aux manans ; que dans un temps où l'on disait qu'entre le noble et le vilain il n'était d'autre juge que Dieu, le clergé formait entre ces deux castes composant la société un ordre mixte intéressé à maintenir la paix entre elles. Geoffroy croyait aussi que l'espoir de l'avenir reposait dans cet ordre puissant, et que le dévouement de quelques prêtres vraiment chrétiens suffisait pour répandre les lumières évangéliques, racheter l'ignorance et les vices du plus grand nombre.

Le lecteur a appris dans une conversation que nous avons rapportée, entre Geoffroy-Martel et Robert à l'abbaye de la Roë, que le jeune prince, ému de compassion pour le sort de son oncle, Geoffroy-le-Barbu , que Foulques–Rechin tenait prisonnier au château de Chinon, après l'avoir dépouillé de son héritage, avait résolu de mettre tout en œuvre pour le délivrer. Jusques là ses efforts n'avaient obtenu aucun succès. Ceux des

11

barons et des abbés qui s'intéressaient à l'infortuné comte, craignant de s'exposer au courroux du Rechin et prenant parti ouvertement pour son frère, différèrent de se prononcer, attendant, disaient-ils, l'arrivée du pape Urbain, dont l'intervention devait être plus efficace que la leur. Cependant les démarches du chevalier inquiétant le comte d'Anjou, il n'osa pas accomplir le projet qu'il avait formé d'en finir avec son frère ; il se contenta de le resserrer plus étroitement, et lui fit administrer des breuvages qui détruisirent sa raison. Tel était le triste état où ce malheureux prince était alors réduit. Aussi n'ayant plus rien à redouter de lui, on croyait généralement que Foulques - Rechin ne ferait aucune difficulté d'obtempérer à l'ordre du pape, qui avait promis d'exiger son élargissement.

La conduite de Geoffroy-Martel, en hostilité presque ouverte avec son père, exige une explication qui se rattache à quelques détails historiques qu'il est bon de placer ici.

Foulques-Rechin et Geoffroy-le-Barbu étaient neveux du comte Geoffroy-Martel, fils de Foulques-Nerra. Ce prince, à sa mort, partagea ses états d'une manière inégale entre ses neveux. Ce fut l'origine de leurs dissensions et la cause des guerres cruelles qui déchirèrent le pays.

Geoffroy-le-Barbu, l'aîné, eut l'Anjou, la Touraine et plusieurs grands fiefs dans le Maine; Foulques n'obtint que la Saintonge et le Gâtinois. Ce dernier, plus habile que son frère, ambitieux, rusé, et recourant sans scrupule aux moyens les plus odieux pour arriver à ses fins, suscita des querelles à Geoffroy, le tracassa de mille manières, le mit en hostilité avec l'église, séduisit ses vassaux ; et, levant le masque quand il se crut suffisamment préparé, il lui livra plusieurs batailles dans lesquelles le sort des armes les favorisa également. Sur ces entrefaites, Foulques-Rechin avait répudié sa seconde femme, Hildegarde, mère du jeune chevalier, pour épouser la jeune et belle comtesse Bertrade, de la maison de Montfort l'Amauri. Cependant le roi de France, Philippe, voulant intervenir entre les deux frères, vint en Touraine à la tête de quelques forces. Foulques redoutant l'intervention du roi, se rendit à sa rencontre, et obtint sa neutralité en lui donnant le Gâtinois. Mais une autre raison in-

fluença Philippe plus puissamment: Foulques, tout
fier de posséder à son âge une femme dont la
beauté était sans modèle, s'était empressé de la
présenter au roi, qui en devint éperdûment
amoureux. Soit que Bertrade le payât de retour,
soit qu'elle fût séduite par le prestige royal, elle
agréa les propositions de Philippe, et s'échappant
secrètement, elle le suivit à Paris.

La honte, la colère et le désespoir que Foulques-
Rechin ressentit de l'abandon de son épouse et
de la perfidie du roi, ne l'empêchèrent pas de
poursuivre activement la guerre contre Geoffroy,
dont il parvint à s'emparer à prix d'argent.

Tandis que Foulques-Rechin montrait ce coupable acharnement à dépouiller un frère qui l'a-
vait autrefois aidé et secouru contre ses ennemis,
Guillaume VII, comte de Poitiers, qui prétendait
avoir des droits sur la Saintonge, trouvant l'occasion favorable, fit le siège de Saintes et s'en em-
para, sans que Foulques-Rechin ni Geoffroy, oc-
cupés l'un contre l'autre, essayassent de l'en
empêcher. Ainsi l'usurpation de Foulques-Rechin
lui coûta les deux provinces que son oncle lui
avait laissées ; et comme si les longs efforts qu'il

avait faits pour couronner cet acte coupable l'eussent complètement épuisé, dès qu'il tint son frère prisonnier, toute son activité et son énergie s'évanouirent. Désolé de la fuite de Bertrade, honteux de l'avilissement où cette femme l'avait réduit, il s'enferma solitairement dans son château, laissant le comte de Poitiers jouir tranquillement de la Saintonge, et les partisans qui l'avaient aidé dans ses guerres commettre toutes sortes d'exactions sur ses malheureux sujets, à condition qu'ils lui donnassent une partie de leur butin. La soif de l'or et le désir de tirer vengeance de Bertrade et de Philippe, étaient désormais les deux seules passions qui partageaient son esprit.

Trop déchu, comme nous l'avons dit, pour déclarer la guerre au roi de France ; déjà vieux, et ne comptant pas sur le concours sincère de ses vassaux, dont il était généralement haï et méprisé, il confia à l'église, qu'il avait combattue jusqu'alors, le soin de venger son affront. Le successeur de Grégoire VII, qui était aussi le continuateur de sa politique hardie, saisit avec empressement une occasion si favorable de manifester la suprématie du chef de l'église sur le pouvoir

temporel. Il accueillit les plaintes de Foulques,
et convoqua immédiatement un concile pour informer de l'affaire. Quelques prélats tentèrent de
justifier la conduite de Philippe, mais la grande
majorité se déclara énergiquement contre lui. Son
divorce avec la reine Berthe, mère de Louis-le-
Gros, ne fut pas admis; son nouveau mariage fut
frappé de nullité; il fut excommunié, ainsi que
Bertrade, et le royaume de France mis en interdit.

Le roi, épouvanté des terribles effets qui suivaient alors les foudres ecclésiastiques, se sépara
de Bertrade; mais regrettant bientôt d'avoir cédé
à un premier mouvement d'effroi, trop amoureux
pour être arrêté par aucune considération, et désirant peut-être de maintenir la prérogative royale
en bravant ouvertement les censures du clergé,
il rappela la jeune comtesse. Foulques renouvela
ses plaintes, de nouveaux conciles s'assemblèrent,
le roi et Bertrade furent encore excommuniés; et
depuis plusieurs années le comte d'Anjou poursuivait la séparation que l'église avait prononcée,
sans que l'église elle-même parvînt à obtenir
l'exécution de son arrêt. Seulement Bertrade,
que ses ennemis nommaient la concubine de Phi-

lippe, ne jouissait pas à la cour des priviléges
d'une reine, et chaque jour la malheureuse était
exposée à voir la grandeur contestée, que lui accordait la protection de son époux, cesser avec
un amour accompagné de tant d'embarras et de
tourmens.

Foulques ne se lassait pas d'attendre ce moment, et personne ne savait s'il était seulement
inspiré par le ressentiment de l'injure qui lui avait
été faite, ou s'il poursuivait la rupture du mariage
de Bertrade, dans l'intention de recouvrer sur
elle l'autorité et les droits d'un époux.

Le lecteur, en se mettant à la place de Geoffroy-
Martel, comprendra, par l'explication qui précède,
les raisons principales qui déterminaient sa conduite. Généreux, délicat, et strict observateur de
la morale chrétienne, il avait été indigné des excès auxquels son père s'était livré contre un oncle qu'il respectait; il avait inutilement épuisé
toutes les prières et les supplications. Le vieux
Rechin, aussi absolu que cruel, lui avait brutale-
ment imposé silence. Réduit ainsi à ne plus esti-
mer son père, le peu d'affection qui avait survécu
à la perte d'un sentiment qui commande à tous les

autres, devait disparaître bientôt devant l'outrage
fait à sa mère, honteusement répudiée pour faire
place à la jeune Bertrade. Ne pouvant pas, sans
une colère toujours croissante, supporter la vue
de cette jeune femme entourée de plus de respects
et d'hommages qu'il n'en avait jamais vu rendre
à sa mère, il se retira à la cour d'Allan-Fergan,
duc de Bretagne, qui bientôt épousa sa sœur Ermangarde, dont le sort, près de sa belle-mère,
était des plus misérables.

Quand la guerre des deux frères fut terminée,
Geoffroy-Martel, qui jusque-là n'avait pas voulu
paraître en Anjou, de peur d'être impliqué dans
cette odieuse querelle, visita alors les provinces
qu'il était destiné à gouverner un jour. Le cri unanime qui s'élevait contre son père, lui inspira la
pensée de réparer, autant qu'il serait possible, les
maux que causait le Rechin, de s'appliquer à
l'empêcher de faire le mal, en lui en ôtant les
moyens. Nous avons dit comment il s'acquittait
de cette noble tâche ; le dialogue qui va suivre
servira de complément à ces explications, et
achèvera de dessiner le caractère et les intentions
de Geoffroy.

—Le portrait que vous me faites de la dame
qui vous a parlé chez Évrault en faveur de Bertrade,—dit Geoffroy continuant une conversation,
dont les détails précédens sont inutiles à rapporter, — me porte à croire que cette misérable a
poussé l'audace au point de paraître en Anjou.

— Cela est peu vraisemblable, répondit le
cénobite, elle a trop de raisons de s'éloigner de
ce pays pour y être revenue.

—Il est vrai, mais cette Bertrade est armée
d'une telle impudence, qu'il n'est rien dont elle
ne soit capable. — Peut-être espère-t-elle, à
force d'intrigues, détourner l'excommunication
qui devra être prononcée contre elle au prochain concile de Tours, ou, ce qui est encore
probable, veut-elle, dans le cas où Philippe
se lasserait d'elle, se ménager une ressource
dans la faiblesse de mon père. Le malin esprit qui
est incarné chez cette femme a pu lui susciter cette
diabolique pensée, et j'ai tout lieu de craindre
qu'elle ne trouve que trop de facilité à son accomplissement.

— L'aversion que vous nourrissez contre elle

vous rend injuste à son égard. C'est assez du mal qu'elle a fait sans lui supposer de plus perfides intentions. D'ailleurs, je ne puis croire que Foulques-Rechin oublie si facilement l'opprobre dont elle l'a couvert.

— Révérend père, vous ne connaissez ni Bertrade ni mon père... Est-ce donc sans motif qu'elle a laissé le fruit de son hymen à l'époux qu'elle a quitté? et croyez-vous que la présence de cet enfant dans le palais du comte d'Anjou ne rappelle pas continuellement à celui-ci le souvenir de la mère? Si cette femme artificieuse le voulait, peut-être verrait-on mon père souscrire à un honteux racommodement qui entacherait son nom d'une flétrissure ineffaçable. Cette crainte et les devoirs impérieux qui me retiennent dans nos états ont pu seuls me faire différer de consacrer mon épée au service de Jésus-Christ.

— La Croisade est sans doute une sainte entreprise à laquelle tout prince chrétien doit s'honorer de prendre part; mais si une renommée glorieuse attend les preux soldats qui verseront leur sang dans la Palestine ; si la palme du martyre est promise à ceux qui y trouveront la mort, une gloire moins éclatante, mais aussi durable, est réservée aux princes qui gouvernent leurs états dans la crainte de Dieu et l'amour du prochain ; la récompense céleste leur est également assurée.

Cette conversation les conduisit aux portes d'Angers. Le clergé des églises et des abbayes s'avançait processionnellement accompagné de la population entière qui occupait les deux côtés de la route. Les voix des prêtres, chantant des hymnes d'allégresse, se mariaient au son des cloches, dont les timbres différens formaient une sauvage harmonie, qui vibrait dans tous les cœurs animés d'une pieuse joie par l'arrivée du saint père.

Nos trois voyageurs ne tardèrent pas à se trouver devant la procession, qui s'arrêta pour attendre sa Dignité. La foule étant trop compacte pour tenter de la traverser, ils se mêlèrent aux fidèles qui attendaient le Pontife. Au bout d'une demi-heure, on aperçut son cortége. La procession ouvrit ses rangs, le peuple s'agenouilla sur les bas-côtés de la route et jusque dans les champs voisins.

Quatre cavaliers romains précédaient un clerc

à cheval qui portait une croix d'argent. Il était
vêtu d'une soutane de soie violette , d'une chappe
semblable et d'un rochet. Après lui , s'avançaient
trois cavaliers marchant de front : de longues robes de laine rouge et des bonnets de même couleur composaient leur habillement. Celui qui était
au milieu soutenait à deux mains , sur le cou de
sa monture, une boîte carrée renfermant le Saint-
Sacrement, attachée à ses épaules par un baudrier
de velours. Les deux autres avaient à la main des
cierges de cire blanche qui brillaient dans des
lanternes. Le saint Père venait ensuite escorté
des archevêques de Lyon et de Bordeaux avec
leurs vêtemens violets. Il avait une soutane de
taffetas blanc, un rochet de fin lin , un camail de
satin rouge et, sur la tête, un ample bonnet de
fourrure. Ses pieds étaient chaussés de souliers de
drap rouge ayant une croix d'or sur l'empeigne.
A sa ceinture pendaient sept clefs et sept sceaux ,
emblèmes symboliques des sept dons que l'Es-
prit-Saint confère au chef de l'église militante,
en vertu desquels il a droit d'ouvrir et de fer-
mer. Quatre prélats marchaient ensuite suivis
de plusieurs camériers qu'on distinguait à leurs

longues soutanes violettes et à leurs manches
pendantes, puis des protonotaires, des sous-dia-
cres apostoliques, des préfets des quatre cham-
bres et du palais, des prêtres de tout rang au
nombre de vingt à trente, et enfin une troupe de
varlets conduisant des chevaux chargés de bagages ; quatre hommes armés fermaient la marche.
Immédiatement après le cortége, suivait une
troupe de gens d'armes parfaitement montés et
fortement équipés ; c'était l'escorte du comte
Eudon. Le vieillard, à cheval sur sa haquenée
noire qu'Allan tenait par la bride, avait la tête
nue et les mains jointes dans l'attitude de la prière.
Parfois, il se frappait la poitrine en criant miséricorde, sans prendre garde à la foule qui le regardait curieusement, étonnée de sa piété. A la
vue d'Allan, le compagnon ressentit une singulière émotion ; il voulut se montrer, mais Robert
le repoussa violemment et se plaça devant lui pour
l'empêcher d'être aperçu.

— Malheureux ! dit le cénobite dont les joues
avaient pâli, as-tu donc oublié déjà la recomman-
dation que t'a faite la dame d'Évrault ? Ce sont les
Porhoët ; ne les reconnais-tu pas ?

— Qu'ai-je à craindre d'eux ici ? Je voulais voir
l'impression que mon aspect inattendu produirait
sur ce chevalier.

Robert haussa les épaules en levant les yeux
au ciel.

—Mon Dieu, je n'y peux rien, c'est à vous de
le sauver.

Ils continuèrent de marcher avec le peuple qui
se pressait des deux côtés du cortége. Rendus à
la porte de la ville, leur attention fut attirée par
une troupe d'hommes d'armes qui se frayaient un
passage dans la foule au risque d'écraser quelqu'un. A leur tête, on voyait Évrault monté sur un
vigoureux cheval qu'il faisait caracoler mécham-
ment en distribuant çà et là de violens coups de
houssine sur les manans qui ne se rangeaient pas
au gré de son impatience. Aremburge, Adelaïs et
la dame suivaient dans les rangs de l'escorte.
Cette dernière, couverte d'une grande mante,
avait un voile épais à travers lequel l'œil amoureux de Josselin la devina. Il tressaillit, et s'arrêta
immobile à la regarder.

— Monseigneur, dit le cénobite, qui l'avait
aussi remarquée, cette dame voilée doit être celle

dont je vous ai parlé ; la reconnaissez-vous ?

— Je n'oserais l'assurer. Sa taille et ses traits sont si soigneusement cachés.... Cependant, ce déguisement même est déjà une forte présomption que mes soupçons étaient justes... Mais quelle impression sa vue cause à Josselin !... — Maître compagnon, connaissez-vous cette dame ? dit-il.

— J'étais sur le point de vous faire la même question ?

— Je regrette que ce voile jaloux ne nous permette pas d'apercevoir son visage, qui promet beaucoup, s'il répond à sa tournure.

— Imaginez-vous la plus merveilleuse beauté, et vous serez encore au-dessous de la vérité.

— Saint-Maurille, quel enthousiasme ! on croirait, sur ma foi, que vous êtes amoureux d'elle.

— Autant vaudrait supposer que j'ai perdu la raison, répondit Josselin, dont les joues se couvrirent de pourpre...

— Vous êtes discret, mon jeune maître, mais votre rougeur vous trahit. — Enfin, vous la connaissez ?

— Je l'ai vue une fois à Paris, et l'autre soir chez Évrault.

—Vraiment! et vous ne savez ni son nom ni sa qualité?

—C'est une noble dame, à coup sûr.

—Oh très noble, j'imagine ; vous êtes heureux d'en avoir été remarqué.

—Je suis chiromancien, répartit Josselin, d'un ton sec ; elle a daigné me consulter, cela est tout naturel. Je vous avouerai même que si elle me sait à Angers, il n'est pas douteux que j'aurai l'honneur d'être appelé auprès d'elle.

—Je vous en félicite ; il est toujours flatteur de de se trouver en relations avec une noble dame aussi belle que vous le dites, répartit Geoffroy-Martel, à qui les paroles de Josselin suscitèrent de graves réflexions.

Pendant cette conversation, la dame s'était éloignée. Josselin désirant savoir où elle se rendait, voulut percer la foule et courir après le cortége d'Évrault, mais à peine avait-il fait quelques pas, qu'il fut arrêté par deux singuliers personnages, dont la rencontre intempestive lui causa pourtant quelque joie. L'un avait la stature et les formes d'un géant ; sa taille n'était pas moindre de six pieds et demi ; ses membres carrés, paraissant faits à coups de hache, répondaient à ces proportions. Il avait un crâne pointu avec de longs cheveux roux, couronnant une figure épaisse entée sur un gros cou sillonné d'énormes veines. Son visage allongé, dénué de toute expression, offrait quelque ressemblance avec le facial d'un taureau, dont sa personne avait la ressemblance et l'allure. Ses yeux ronds, surmontés d'une touffe de poils, étaient placés à fleur de tête; son nez épaté, percé de narrines béantes, couvrait le bas de sa figure, et s'étendait comme un auvent d'un coin à l'autre d'une vaste bouche, dont la nature avait calculé sans doute la prodigieuse dimension sur là quantité d'alimens nécessaires à un si grand corps. Lorsqu'il fermait les lèvres, sa mâchoire inférieure formait une forte saillie, qui lui donnait l'air de s'appuyer sur son menton. A cheval sur ses épaules, et cramponné des deux mains à ses cheveux, était une façon d'homme haut de quatre pieds environ, et dont la tête et le tronc ne comptaient guère que pour un quart, de sorte que ses jambes grêles ressemblaient à des échâsses sur lesquelles on eût placé un embryon mal bâti. Son dos était chargé d'une bosse monstrueuse qui poussait sa

tête en avant et s'élevait derrière elle. Il en résultait une absence complète de cou, et son visage
semblait sortir directement de sa poitrine. Ses
bras, proportionnés à la longueur de ses jambes,
étaient terminés par une paire de mains déchar-
nées ressemblant à celles d'un squelette. Sa physionomie exprimait la gaîté et la bouffonnerie, elle
annonçait aussi l'esprit et l'intelligence ; mais ces
facultés, modelées apparemment sur la boîte qui
les renfermait, étaient difformes et avortées
comme son corps. La bosse existait chez lui phy-
siquement et moralement.

Ces deux individus paraissaient faits l'un pour
l'autre. Les épaules du géant pour porter le bossu,
et l'esprit du bossu pour diriger le géant. C'était
l'union de la matière et de l'esprit, celle de deux
êtres qui se prêtaient mutuellement ce qui manquait à chacun. Ainsi unis, l'un portant l'autre,
ils avaient l'avantage d'offrir un curieux spectacle, et formaient un tout complet, une heureuse
association, quand, séparés, ils eussent été in-
complets et malheureux.

Le bossu avait la langue assez déliée pour se
tirer d'affaire dans toutes les occasions où la pa-

role est nécessaire ; le géant était assez vigoureux pour ne connaître aucun obstacle que la force peut surmonter ; mais le géant éprouvait une grande peine à exprimer ses pensées, si l'on peut appeler ainsi l'instinct grossier qui l'animait ; le bossu était d'une faiblesse qui l'exposait à toutes sortes d'avanies ; il était donc tacitement convenu entre eux que l'un agirait et que l'autre parlerait ; et nous leur devons cette justice de déclarer que, fidèle à cet arrangement, le bossu ne se faisait pas faute de parler, et que le géant ne manquait jamais d'agir à l'ordre de son compagnon. Il en résultait que le bossu, disposant des poings du géant, était devenu un personnage respectable auquel on se fût bien gardé d'adresser la moindre insulte ; et que le géant, possédant la langue du bossu, avait un avoué toujours prêt à défendre ses intérêts.

Pour être vrais, nous devons même convenir que ce dernier usait de ce privilége avec une jalousie peut-être un peu despotique, et laissait rarement au géant la faculté d'ouvrir la bouche autrement que pour manger.

En apercevant Josselin qui courait après la dame,

le bossu jeta un cri aigre, agita ses longs bras à la manière d'un pantin, et les jambes obéissant à une pareille impulsion, battirent la chamade sur les flancs du docile géant, qui, à cet avertissement, comme un cheval pressé par son cavalier, s'élança tête baissée à travers la foule, indifférent au tumulte qu'il causait en poussant et culbutant tout ce qui s'offrait devant lui. Le malin bossu, du haut des larges épaules qui lui servaient de monture et de sauvegarde, ressemblant à un singe perché sur un éléphant, riait à plein cœur et distribuait des quolibets à ceux qui trouvaient à répondre aux manières un peu brutales du géant, qu'il pressait des talons et de la voix.

Enfin ils arrivèrent à côté de Josselin, et le bossu l'accrochant au collet, lui passa ses bras au cou et l'embrassa tendrement sans descendre de sa monture.

— C'est toi, mon pauvre Cocart, je ne m'attendais guère au plaisir de te rencontrer, dit Josselin, en répondant sincèrement aux embrassemens du bossu.

Yvon ouvrit la bouche et voulut parler à Josselin; mais apparemment qu'il n'en pût pas venir à bout, car après avoir travaillé péniblement ses mâchoires, il se contenta de lui appuyer sa large main sur l'épaule, en se dilatant les lèvres pour figurer un sourire.

— Bonjour Yvon, mon camarade, dit Josselin, qui comprit ses bonnes intentions, et voulut l'en payer en le flattant de la main comme il l'eût fait à un animal domestique.

— Jos... Jos... Josselin, dit Yvon, avec un pénible effort, et, content après cela, jugeant que pour une fois il en avait dit assez, il ferma les lèvres, s'appuya sur son menton et laissa parler le bossu, qui voyait de mauvais œil cet empiètement sur ses droits.

— Eh bien! mon ami Josselin, dit-il d'une voix criarde et fausse en se penchant de façon à se trouver de niveau avec son interlocuteur, où en es-tu? as-tu découvert quelque chose?

— Rien de positif encore, mais je suis en bon chemin. Il m'est arrivé des aventures surprenantes.

— Ah! tu vas me les conter, je te donnerai des conseils. Sais-tu que ta destinée se fait attendre bien longtemps; c'est un peu de ta faute aussi, tu ne te donnes pas assez d'air ; à force de courir, tu finirais par la rencontrer quelque part.

— Et si je prenais une fausse route ? Elle doit fatalement arriver, pourquoi m'agiter dans des efforts inutiles ? Il est plus sage de conserver mon énergie pour le moment où j'aurai un but certain à poursuivre.

— C'est parler comme un évangile. Ce satané Josselin, pour un homme de sa taille a quelquefois de bonnes idées….. quel luron tu aurais fait si tu avais été bossu !

— Comment donc êtes-vous ici ? demanda Josselin, à mon départ je vous ai laissé à Paris.

— Nous avons les jambes longues, nous marchons plus vîte qu'un cheval. Yvon séchait à Paris où la nourriture est trop chère ; fi , gros gourmand, il est tous les jours plus vorace, ajouta-t-il en secouant les cheveux de l'impassible géant ; il a voulu sortir, je l'ai conduit en Anjou dans l'espoir de t'y rencontrer. Ma foi nous sommes bien ici, il y a chez la mère bon nombre de compagnons , de vrais enfans du devoir. La bâtisse est distinguée, nous avons de beaux bâtimens que je te montrerai demain, des morceaux vraiment remarquables.

L'église de la Trinité, a du plein-ceintre et du tiers-
point, des voûtes ornées de nervures que nous
n'eussions pas mieux faites. Il faudra voir aussi
l'abbaye de Saint-Serge et Saint-Bach. Le cœur de
l'église a été construit par monseigneur Vulgrin,
qui est mort évêque du Mans, un maître maçon,
ma foi ! il est presque l'égal de Buchetto de Duli-
chium. Le vin est à bon marché, pétillant et chaud
comme braise ; les filles sont gaies et jolies, blan-
ches et grassouillettes à plaisir... vrai, Josselin, c'est
un pays de chair-lie, un séjour de bienheureux.
Par ma bosse, continua-t-il avec une volubilité
qui annonçait la crainte d'être interrompu, c'est
un coup du ciel que nous soyons réunis ; sois-en
certain, je t'aiderai à rencontrer ta destinée, j'ai
le nez fin et l'œil sûr, je te mettrai sur la voie... Si
tu deviens grand seigneur, tu te rappelles, Josselin, que je dois être ton fou ; je n'oublie pas ta
promesse, je grille d'avoir une marotte et un sayon
mi-partie. En attendant, tu peux disposer de nous,
je t'offre mon esprit et les deux grands bras
d'Yvon.....

— O... o... oui, dit le géant d'une voix comparable au mugissement sourd d'un taureau.

— Tais-toi donc, Yvon, c'est toujours ton tour
à parler, cria aigrement Cocart.

Il s'apprêtait à reprendre son discours, mais
Robert d'Arbrissel qui avait marché auprès d'eux
jusqu'à la moitié de la rue Saint-Aubin, prit congé
de Josselin, pour se rendre à l'évêché où l'appelaient ses devoirs. En recevant ses embrassemens,
le jeune homme lui dit, d'un ton suppliant :

— Vous n'avez voulu répondre à aucune des
questions que je vous ai faites hier et aujourd'hui
sur mon origine ; au moins enseignez-moi la retraite du père Renaud.

—Me soupçonnes-tu de mentir? répondit le cénobite avec quelque sévérité ; ne t'ai-je pas dit que
notre frère, désespéré de ton départ dont il s'accusait justement, a quitté l'abbaye sans prendre
congé de moi. J'ignore dans quel lieu il s'est retiré;
si je le savais et que je voulusse le taire, serais-je
donc obligé de recourir à la dissimulation?.. Ta
raison s'égare, mon enfant. Josselin, poursuivit-il
avec une bonté paternelle, tu as plongé ton esprit
dans les voies ténébreuses de l'égoïsme et du
péché. Prends garde à toi, il serait bientôt trop
tard pour retourner à la vertu..... Viens me voir

demain après la cérémonie qui doit avoir lieu dans l'église Saint-Nicolas, j'ai besoin de te parler.

Josselin promit de se rendre à l'invitation du vénérable abbé et se retira avec ses deux amis ; il fut bientôt rejoint par Geoffroy-Martel, qui lui dit que les raisons qui l'avaient déterminé à garder l'incognito depuis son départ de Saumur, le forçaient de le conserver encore pendant quelques jours ; il le pria en conséquence de le conduire à son auberge, ne pouvant pas, disait-il, dans sa position, choisir une société plus agréable et plus sûre que celles des braves compagnons pour lesquels il professait une estime sans bornes. Josselin accepta ces raisons, qui lui parurent toutes naturelles d'après les mœurs du temps et le caractère de Geoffroy. Mais nous qui avons le privilége de pénétrer les intentions les plus secrètes de nos personnages, et d'entendre les entretiens auxquels nous n'assistons pas, nous apprendrons au lecteur que le jeune chevalier avait pris cette résolution principalement dans la croyance que la dame arrivée avec Evrault n'était autre que Bertrade. Il pensa donc que le plus sûr moyen d'en obtenir la preuve, de connaître ses secrets dessins et d'être

au fait de ses démarches, était de conserver son
déguisement et surtout de demeurer auprès du
chiromancien qui se flattait de la voir, si elle le
savait à Angers.

Telle fut la substance de sa conversation avec
Robert d'Arbrissel, tandis que Josselin retrouvait
ses deux singuliers amis.

VII.

La mère des compagnons tailleurs de pierre habitait à Angers l'une des ruelles étroites et sales qui s'embranchaient dans la longue rue Saint-Aubin. La maison composée de deux corps de logis élevés d'un étage, avait un air d'aisance et de propreté qui la distinguait des mâsures voisines uniformément pauvres et délabrées. Une partie de cette maison formait une auberge ouverte au pu-

blic, le surplus était réservé aux compagnons qui
seuls avaient droit d'y entrer, attendu le mystère
dont ils s'entouraient dans la célébration de leurs
cérémonies secrètes.

Le compagnonage, dont l'origine remonte à la
construction du temple de Salomon , s'est perpé-
tué jusqu'à nos jours, mais il n'est plus qu'une tradition , un pâle reflet de l'ancien compagnonage
qui prêta ses rites mystérieux aux affiliations secrètes formées dans le moyen âge, qui fut le modèle et l'auteur de toutes les sociétés militaires et
religieuses organisées dans le silence ou par la
sanction des rois. Le despotisme ombrageux qui,
à des siècles d'intervalle , abolit les templiers, et
poursuivit les francs-maçons, issus du compagnonage, redoutant cette puissante association, arche
sainte de la liberté, sans oser l'attaquer de front,
est parvenu plus sûrement à saper son influence,
en soufflant des rivalités perfides entre les divers
corps d'état. Ainsi les débris mourans du compa-
gnognage actuel , méconnaissant le vœu de leur
institution qui devait réaliser la fraternité chrétienne, offrent le spectacle affligeant de sectes animées d'une haine irréconciliable qu'elles accep-

tent par un serment, dont les effets se manifestent en luttes cruelles et acharnées.

Au onzième siècle, le compagnonage tirait sa force et son lustre des tailleurs de pierre, et après eux, des charpentiers. Ces deux professions, qui avaient joué le plus grand rôle dans l'édification du Temple de Jérusalem, étaient celles encore dont on avait le plus besoin, dans un moment où les princes et les barons, à l'envi les uns des autres, abattaient de toutes parts les constructions romanes et bizantines, pour élever, dans une architecture nouvelle, tant d'abbayes, de chapelles et de cathédrales, que l'on conçoit difficilement comment un siècle, traversé par tant de genres de fléaux, a pu laisser après lui de si glorieux monumens.

L'histoire, vile flatteuse des grands, nous a transmis religieusement les titres de leurs fondateurs, mais elle n'a pas daigné enregistrer auprès d'eux les noms obscurs des artistes et des ouvriers dont les œuvres prodigieuses exciteront encore l'étonnement et l'admiration longtemps après que la mémoire des barons sera enterrée dans l'oubli. C'est au compagnonage entier qu'appartient donc

la gloire que nous ne pouvons attacher au nom de
ses principaux fils, à cette belle institution, qui
favorisait également l'art et la civilisation, qui con-
tribua à les sauver.

Dans une époque où les relations sociales étaient
bornées entre les murs de la cité, cet ordre exigeait de ses membres un voyage d'épreuve et
d'instruction appelé *le tour de France*. L'ouvrier
affilié était tenu de voyager dans toutes les villes
du *devoir* : il se dégageait ainsi des préjugés de son
enfance, corrigeait les mauvaises méthodes qu'un
maître ignorant avait pu lui enseigner, et se mettait au courant de tous les progrès de son art qu'il
étudiait sous les divers aspects caractérisant le génie de chaque nation ; enfin, l'aspirant, avant de
recevoir le secret du compagnonage, devait four-
nir un chef-d'œuvre pour preuve de capacité. Les
tailleurs de pierre, que nous citons entre tous,
parce que la gloire artistique du passé leur appartient en grande partie ; ces étonnans ouvriers,
sculpteurs, architectes et maçons, qui élevaient
l'édifice dont ils avaient tracé le plan ; tels que les
chevaliers qui n'obtenaient leurs éperons que par
un rude noviciat couronné d'un acte éclatant; ap-

pelés aussi, après un long apprentissage, à justifier
d'un haut fait, déployaient tout leur génie pour
triompher dans cette épreuve qui devait leur ouvrir le sanctuaire du compagnonage, but unique
de leur ambition. Ils choisissaient dans un monument religieux, un chapiteau, un clocheton, un
portail, et consacraient quelquefois plusieurs années à l'achèvement de ce travail, s'étudiant à éga-
ler les plus beaux modèles de sculpture laissés par
leurs devanciers. Ainsi s'expliquent ces contrastes
piquans dont fourmillent les édifices gothiques,
ces disparates fréquentes trop vraies pour être
étudiées, ces détails gracieux et ces pierres bro-
dées à jour auprès de morceaux oubliés; enfin
tout cet admirable pêle-mêle, ce capricieux assemblage, où respire cependant au milieu des plus
fantasques écarts, un même but et une même
pensée.

Lorsque Josselin et ses amis entrèrent chez la
mère, ils ne trouvèrent qu'une servante; tous les
hôtes étaient sortis pour voir arriver le Pontife.
Cocart commanda au souper de notables augmen-
tations, afin de célébrer dignement la réception
de Josselin; et pour que l'apprêt et l'assaisonne-

ment des mets répondit à leur abondance, il voulut y présider. En un tour de main, le bossu, transformé en maître queue, s'acquitta de cet office comme s'il l'eût rempli toute sa vie. Tandis qu'il s'agitait dans la cuisine d'un air important et pressé, parlant alternativement aux marmites, à la servante, à Josselin, à l'étranger, et parfois à tous en même temps, Yvon, placé par lui dans le coin de la cheminée devant un brasier ardent qui lui roussissait la peau, tournait la broche avec une angélique patience, sans détacher ses gros yeux du quartier de bœuf qui lui avait été confié.

Pendant ces apprêts, les compagnons et la mère rentrèrent au logis. Josselin connaissait la plupart d'entre eux qu'il avait vus dans diverses villes du *devoir*; ils l'embrassèrent cordialement, l'interrogèrent sur les frères qu'il avait trouvés dans sa route, sur les édifices qu'il avait vus en construction; et de là bientôt résulta une discussion animée, dont le plein ceintre et le tiers-point firent les frais; une critique éclairée des monumens de cette époque, formant un cours d'architecture qui nous mériterait sans doute les bonnes grâces des archéologues, mais que nous passerons néanmoins sous silence pour continuer notre récit.

A l'issue du souper, auquel Cocart, qui de maître queue devenu maître des cérémonies, convia quelques compagnons, Josselin souhaita le bonsoir à Geoffroy, et se rendit avec ses frères dans la salle de leurs assemblées, pour remplir les formalités que son arrivée exigeait.

Le lendemain, dès l'aurore, les Angevins furent réveillés par les cloches de toutes les églises annonçant la solennité de ce jour, désigné par le Saint-Père pour la consécration de l'église Saint-Nicolas. Les compagnons qui avaient bâti cette église devaient naturellement assister à la cérémonie. Josselin, invité à les accompagner, avait accepté cette offre avec empressement, dans la pensée que le meilleur moyen d'apercevoir la dame et de se montrer à elle, était de suivre le cortége qui devait exciter sa curiosité et l'attirer sur son passage. Un autre motif moins puissant, à la vérité, mais qui cependant lui faisait désirer de pénétrer dans l'église, était l'annonce faite la veille, que Robert d'Arbrissel avait été choisi par le Saint-Père pour prêcher à cette solennité; et

13

Josselin, à qui l'éloquence du cénobite était connue, voulait jouir de l'impression qu'elle produirait sur ses nobles auditeurs.

A dix heures le cortége sortit de l'évêché. La porte de Fer, la place Poulain, les ponts, les rues Trinité, Boucherie et de Saint-Nicolas, qu'il devait traverser pour arriver à l'abbaye de ce nom, située à quelque distance hors les murs, avaient été tendus de tapisseries, jonchés de paille, de feuillages et de buis.

La population Angevine affluait sur le passage du cortége. Une triple haie de spectateurs bordait les rues, s'échelonnant sur des échafauds, jusqu'aux fenêtres et aux toits couverts d'intrépides curieux couchés à plat-ventre ou cramponnés aux cheminées. Un silence profond régnait dans cette foule ; toutes les têtes étaient découvertes, les figures recueillies et les cœurs pénétrés; on n'entendait d'autre bruit que le plain-chant sonore, et la mélodie des cloches s'élevant au ciel avec le parfum de l'encens.

La procession était ouverte par un piquet de gens d'armes, de l'armée du comte d'Anjou; après eux s'avançait une troupe de musiciens, puis les

croix et les bannières des églises et des abbayes,
escortées de compagnons, de pélerins, de diacres
et de moines marchant sur deux rangs ouverts.
Le chapitre suivait. D'abord venait le bas chœur,
composé de corbeilliers, sous-chantres, maîtres
chapelains, psalteurs, enfans de chœur et bedeaux
dans leur costume d'apparat; puis le clergé des
chapelles, les chanoines en soutane violette; le
doyen, le grand archidiacre, le trésorier, le chan-
tre, l'archidiacre d'outre-Loire, celui d'outre-
Maine, le maître-école et le pénitencier. Derrière
eux s'avançaient les abbés crossés et mîtrés,
parmi lesquels marchait Robert, en qualité de
fondateur de l'abbaye de la Roë. Puis quatre évê-
ques, deux archevêques, et enfin le Saint-Père,
équipé pontificalement avec le trirègne sur la
tête; à son côté, Geoffroy de Mayenne, évêque
d'Angers, portant de sa main gauche le bâton pastoral, avait, comme officiant, le surplis, l'amict,
l'aube, la ceinture, l'étole, le pluvial blanc et la
mitre. Immédiatement devant eux, deux clercs
en surplis portaient le rituel, l'eau, le sel et un
vase clos renfermant les reliques destinées à être
placées sous l'autel de la nouvelle église, avec

trois grains d'encens, et un parchemin attestant
le jour de sa consécration.

La noblesse suivait le clergé. Au premier rang
on remarquait Foulques-Réchin, comte d'Anjou,
ayant à droite le duc de Bretagne, Allan-Fergan,
mari de sa fille Ermangarde. La place que Geoffroy Martel, frère de la duchesse, devait occuper
à sa gauche, était prise par le jeune Foulques, issu
de son mariage avec Bertrade de Montfort l'A-
mauri. Les Angevins remarquaient avec peine
l'absence du chevalier dont le courage et les vertus promettaient de les dédommager de la tyrannie et de la bassesse de Réchin, qui devait ce nom
à son caractère fâcheux. On voyait après eux le
comte de Porhoët et les grands barons de Bretagne, venus avec Allan Fergan. Parmi les seigneurs
d'Anjou, on distinguait le baron de Beauval et de
Jarzé, les comtes de Durtal , de Serrent et du
Lude, les sires de Blaison, de Chantocé, d'Évrault,
de 'Briolay, Renaud de Châteaugonthier, Sige-
brand de Chemillé, et quantité d'autres gentilshommes, suivis de leurs écuyers, de leurs séné-
chaux, de leurs vassaux et hommes d'armes.

Ce brillant cortége, qui excitait sur son passage

l'admiration de la foule, s'arrêta devant le portail
de l'église Saint-Nicolas. L'évêque ayant ôté sa
mitre, commença une antienne, qui fut continuée
par les prêtres. Ensuite, il s'inclina sur un siége
placé sur un tapis, et tandis que les litanies se
chantaient, il bénit l'eau et le sel et s'aspergea,
ainsi que ses ministres. Ensuite, ayant repris sa
mitre, il commença le tour extérieur de l'église,
précédé d'un sous-diacre, portant la croix entre
deux céroféraires, et du clerc avec l'eau bénite.
Après avoir fait le tour de l'église, dont il aspergea les murs, l'évêque, revenu devant la façade,
s'approcha de la porte sur laquelle il frappa avec
son bâton pastoral en disant : *Atollite portas et in-
troibit Rex gloriæ*. A ces mots, la porte fut ouverte
par un diacre, qu'on avait placé à cet effet dans
l'église, et la procession y entra suivie des fidèles
qui se pressaient tumultueusement sur les pas des
gens d'armes dans l'espace non réservé.

L'église, pompeusement décorée, offrait un coup-
d'œil magnifique. Trois croix peintes sur chacun
des quatre murs, ayant au sommet un cierge allumé, représentaient la lumière de l'Évangile, por-
tée par les douze apôtres. Les vases d'argent res-

plendissaient sur les autels préparés pour la consécration. Des statues, richement ornées, apparaissaient de tous côtés parmi des cierges étince-
lans.

Josselin, mêlé aux compagnons qui occupaient
l'entrée de l'une des nefs latérales, trompé dans
son espoir de rencontrer la dame sur le passage
du cortége, avait plongé son regard dans toutes
les parties de l'église sans l'apercevoir nulle part,
quand, levant les yeux par hasard à la voûte, il
crut la reconnaître dans une tribune grillée. Son
cœur frémit d'aise, et les nuages, que l'absence
de l'objet de son amour avait amassés sur son front,
se dissipèrent à sa vue, comme les brumes mari-
nes sous le brillant soleil de mai. Cependant, nul
autre qu'un amant n'aurait pu la distinguer à travers les grilles serrées qui la cachaient, et Josselin lui-même avait besoin d'invoquer le témoignage de son cœur pour ne pas douter de ses
yeux.

Bientôt il la vit se lever brusquement et s'appuyer sur sa compagne, comme si elle éprouvait
une violente émotion. Elle se couvrit la figure de
son mouchoir et demeura debout devant la grille,

dans une posture annonçant l'angoisse et l'accablement. L'âme de Josselin était passée dans ses yeux ; ses facultés perceptives avaient atteint un développement prodigieux ; il voyait distinctement l'intérieur de cette tribune, où sa vue pénétrait à peine un moment auparavant. Le beau profil de la dame, ses formes pures et gracieuses se dessinaient, au compagnon ébloui, sur le plan le plus rapproché. A son côté, il distinguait sa jeune compagne, dont la figure innocente respirait une angélique sympathie. Derrière elles se tenait le musicien, dont le costume était très reconnaissable.

Josselin ne savait à quoi attribuer l'émotion de plus en plus forte dont elle paraissait affectée. Ses mains tremblantes soutenant mal son mouchoir, il vit ses joues pâles inondées de larmes. Tout à coup, une impression de colère et d'indignation se peignit sur sa figure, et elle se retira avec vivacité. Josselin, étranger à tout ce qui l'entourait, sortant alors du prestige dont cette femme l'avait enveloppé, entendit en même temps un sourd murmure dans les rangs de la noblesse. Il en comprit la cause en apercevant en chaire

Robert d'Arbrissel qui tonnait contre l'inceste et l'adultère de Bertrade, sur laquelle il appelait toutes les foudres ecclésiastiques. Josselin jouit un moment du succès de son maître, dont la verve puissante frappait son auditoire d'étonnement et d'admiration. Mais trop agité pour accorder une attention soutenue aux paroles du prédicateur, il cessa bientôt de l'entendre, le souvenir de la dame le préoccupant tout entier. Surpris de son brusque départ, inquiet et alarmé de l'état où il l'avait vue, il aurait voulu courir après elle, lui témoigner la part qu'il prenait à ses peines, et lui offrir son dévouement; mais les fidèles, assemblés au bas de l'église, formaient une masse compacte impossible à traverser. Josselin, pressé de tous côtés, tenta inutilement de s'ouvrir un passage; tous les yeux se portèrent sur lui, et d'énergiques murmures le contraignirent de s'arrêter. Néanmoins, trop impatient pour demeurer en repos, il essaya de se rapprocher doucement de la porte, afin de profiter du premier silence de Robert pour s'échapper de l'église.

La voix retentissante du prédicateur parvenait à son oreille, sans qu'il distinguât le sens des paroles qu'il entendait. Cependant aucun sermon n'était plus digne d'être écouté, car il était rare de voir un prêtre assez hardi pour aborder d'aussi hautes questions, et nul n'aurait su les traiter avec cette supériorité.

Le cénobite, à la face de cette noble assemblée, prêchait contre les crimes des grands. Il dévoilait leurs turpitudes ; démontrait que leur ambition insatiable était la cause de tous les maux qui désolaient la chrétienté ; et, pour ne laisser aucun doute, il énumérait les attentats commis sur leurs proches par les rois et les seigneurs, pour s'approprier leurs biens. Il nomma les victimes, cita leurs meurtriers, décrivit en termes pathétiques les circonstances de ces assassinats monstrueux que l'histoire nous a transmis; et, sans être arrêté par aucun motif humain, le hardi réformiste attaqua personnellement le comte d'Anjou pour l'injuste détention où il retenait son frère Geoffroy–le–Barbu.

Cependant l'attention des assistans était partagée entre le Réchin et le vieux comte de Porhoët. Ce dernier avait écouté dans un pieux recueillement toute la première partie du sermon de

Robert, mais dès qu'il aborda le fratricide du
comte d'Anjou, des larmes jaillirent de ses yeux ;
il se prosterna à genoux, arrachant ses cheveux
blancs, et se frappant la poitrine en criant miséricorde. Lorsque le prédicateur termina par ces
paroles que Dieu adressa à Caïn : « Qu'avez-vous
fait ? la voix du sang de votre frère crie de la terre
jusqu'à moi ». Le vieillard, accablé par l'excès de
son désespoir, exhala un gémissement douloureux et tomba sans connaissance.

Allan, qui se désolait de voir son père se donner
ainsi en spectacle, appela ses gens et se hâta de
l'emmener, désirant se soustraire lui-même aux
questions embarrassantes que ses voisins lui
adressaient.

A la faveur du tumulte qui s'en suivit, Josselin
fendit la presse et parvint, non sans peine, sur le
seuil de l'église où il aperçut Geoffroy-Martel dans
son costume de marchand. Celui-ci l'appela, mais
désirant l'éviter pour se mettre à la recherche de
la dame, il feignit de ne l'avoir pas entendu, et,
s'étant détourné, il se trouva face à face avec Allan
de Porhoët. A son aspect, le chevalier tressaillit,
oubliant qu'il soutenait la tête de son père ; il se

recula au risque de le laisser tomber, et il atta-
cha sur Josselin un regard où se peignait la colère,
le doute et la crainte.

— Dieu vous garde monseigneur, dit le compagnon d'un son de voix ironique; si j'en juge à
votre surprise, il paraît que messire Évrault ne vous
a pas informé que j'avais gagné le défi. Ce n'est
pas loyal de sa part, attendu le vif intérêt que
vous daignez prendre à moi.

A ces mots, semblant indiquer que le compagnon était mieux informé qu'il ne le supposait,
Allan serra son épée avec une fureur concentrée,
en s'avançant sur Josselin ; mais réfléchissant au
danger d'un pareil attentat sur les marches d'une
église, où se trouvait le Saint-Père, et dans une
foule entièrement composée de peuple, il laissa
Josselin s'éloigner, et parla bas à un homme d'armes auquel il le désigna.

Geoffroy, qui l'observait, se pencha à son oreille.

— Messire de Porhoët, vos projets sont connus.
Si ce compagnon disparaît, c'est à vous qu'on s'en
prendra.

En finissant, il se perdit dans la foule.

Allan, violemment irrité, voulut s'élancer après

lui, mais les murmures du peuple l'avertirent
qu'on ne voyait pas d'un bon œil l'oubli où il
laissait son père. Renfermant donc sa colère, il fut
contraint de s'occuper du vieillard, qu'il aida à
transporter.

Lorsque Geoffroy-Martel rejoignit Josselin, le
musicien s'approcha de ce dernier et lui demanda
s'il ne se nommait pas Josselin.

— C'est mon nom ; c'est moi que vous cher-
chez, répondit le jeune homme, qui le reconnut
de suite, que désirez-vous ? faut-il vous accompagner ?

Le ménestrel, surpris de cet empressement,
montra quelque hésitation.

— Vous êtes chiromancien ? dit-il.

— Eh oui ! qu'attendez-vous ? votre noble dame
ne veut-elle pas me consulter ?

Raca fit un signe de tête et l'invita à le suivre.

— Où allez-vous ? demanda Geoffroy.

— Chez elle..... chez la dame dont nous avons
parlé hier, dit-il, en se reprenant.

— Par le preux Roland, vous êtes un heureux
compère d'être ainsi recherché des belles. — Et
quand vous reverrons-nous ?

— A dîner, sans doute, répondit Josselin.

Il rejoignit Raca; tous deux s'éloignèrent à
grands pas, suivis de loin par Geoffroy qui les vit
entrer au palais épiscopal.

VIII.

Josselin voulut entamer une conversation avec son guide, espérant en obtenir quelques renseignemens sur cette dame dont il ne connaissait ni le nom ni la qualité; mais celui-ci parut peu disposé à répondre à ses questions, et craignant de montrer une curiosité déplacée, il garda le silence et se recueillit en lui-même, ne pensant plus qu'au bonheur qui l'attendait.

Rendu au terme de leur course, Josselin vit
avec surprise qu'on le faisait entrer à l'évêché.
Mais il ne fit aucune observation, et suivit son guide
à travers les appartemens déserts du palais épiscopal, jusqu'à une salle fastueusement ornée, où
celui-ci le laissa. Quelques minutes après, une
porte du fond s'ouvrit et Adélaïs se montra.

— Maître compagnon, ma noble dame désire
vous voir.

— Elle a sans doute appris les raisons qui m'ont
empêché de me trouver au rendez-vous que vous
m'aviez assigné l'autre jour.

— On nous a dit que vous aviez couru des dangers auxquels vous avez eu le bonheur d'échapper.
Ma mère m'a parlé de vous ; elle vous porte un vif
intérêt.

— Je n'oublierai jamais ce que cette noble dame
a fait pour moi. Sa bienveillance à mon égard ne
peut être égalée que par la reconnaissance que
m'inspirent tant de bontés.

— Elle m'a dit que des ennemis puissans menacent vos jours, et m'a chargée de veiller à votre sûreté. Je voudrais que ma protection fut aussi
puissante que sincère ; quoiqu'il en soit, si vous

vous trouvez dans une position difficile, rappelez-vous que je me ferai un plaisir et un devoir de vous rendre tous les services qui dépendront de moi.

Josselin, touché de cette offre gracieuse de la part d'une aussi noble demoiselle, exprima de son mieux les sentimens qu'elle faisait naître en lui. Adelaïs, ayant dit qu'elles l'avaient vu le matin à l'église, et que la dame avait voulu aussitôt le consulter, il témoigna l'inquiétude que lui avait causé leur brusque sortie. La fille d'Évrault étonnée qu'il eût pu les apercevoir, malgré les grilles de la tribune, l'invita à n'en rien dire à sa compagne, qui avait, dit-elle, des motifs de ne pas se montrer dans une si nombreuse assemblée, et qui pouvait craindre d'avoir été remarquée, bien que cela, ajouta-t-elle, lui parut impossible, Josselin l'ayant plutôt devinée qu'aperçue. En achevant, elle l'introduisit dans la chambre d'où elle était sortie et se retira derrière lui.

Bertrade, — il faut la nommer, — sans se lever du siége où elle était assise, répondit par une inclination de tête et un sourire gracieux au salut profond de Josselin, et l'invita à prendre place

14

sur une pile de coussins posés devant elle. Le
compagnon, dont les genoux se dérobaient sous
lui, usa de cette permission sans se la faire répé-
ter, et, parvenant à réprimer son émotion, il leva
sur Bertrade un regard timide. Elle lui apparut
dans tout l'éclat de sa beauté, telle qu'il la voyait
dans ses rêves. Sa figure suave ne conservait aucune trace des sentimens pénibles et violens qui
l'avaient agitée le matin. Surpris d'un aussi grand
changement opéré dans un si court intervalle, il
la regarda de nouveau ; et, malgré l'amour et la
pieuse vénération que lui inspirait cette femme,
il ne put se défendre d'une pensée pénible, et
maudit, pour la première fois, la science rigou-
reuse qui analysait ce séduisant visage, et lui ré-
vélait ce qu'il eût voulu ignorer.

Bertrade, avec ce tact pénétrant qui distingue
son sexe, et qu'elle possédait à un degré supérieur, avait deviné l'amour de Josselin. Soit que
sa vanité fût flattée de cet hommage, ou qu'elle
voulut se l'attacher; soit peut-être l'effet d'un ca-
price, ou l'influence du moment, elle lui fit un de
ces regards qui, sans rien promettre, laissent
pourtant espérer beaucoup.

— Maître compagnon, dit-elle, après lui avoir exprimé en termes flatteurs la confiance qu'elle avait dans l'art dont il était un si merveilleux adepte, lorsque ma bienheureuse patronne m'a conduit vers vous à Paris, vous refusâtes par des motifs louables, et qui vous valurent mon estime, de vous expliquer sur les futurs contingens. J'ai compris alors la sagesse de votre refus, mais aujourd'hui ma position est changée ; je n'ai plus de ménagemens à garder avec moi-même, il m'importe de savoir ce que l'avenir me réserve; pouvez-vous me le révéler?

— La science que je professe, répondit Josselin, que ces paroles rappelèrent dans l'actualité, et, sur une voie qu'il pouvait suivre avec toute lucidité, malgré le trouble de ses sens, comme un musicien pris de vin qui joue sans perdre la mesure, une fois qu'on lui a mis son instrument dans les mains ; la science que je professe, toute vaste et surprenante qu'elle est, puisqu'elle permet au chiromancien de prédire avec certitude des événemens à venir, et le transporte dans le passé, est cependant bornée dans d'étroites limites que nous essaierions vainement de franchir. Elle met à nu

le cœur de l'homme, dévoile ses passions et ses
moindres penchans. Le chiromancien a donc ainsi
la faculté de prévoir la destinée de toute personne,
de raconter son passé, comme il annonce son avenir. Mais c'est sur ce point seul que doivent se
concentrer nos sérieuses études; car, hors de là,
il n'existe plus aucune garantie, aucune règle in-
variable et sûre; et le chiromancien le plus habile
peut commettre des erreurs, lorsque, s'écartant
de la saine philosophie, il ne craint pas d'abuser
de la science que Dieu lui a donnée pour guide,
au point de s'en servir dans son aveugle présomption pour pénétrer ses desseins. Avant d'obéir à
vos ordres, j'ai cru devoir, madame, vous donner
cette explication, afin que vous jugiez de l'étendue des révélations que je dois faire, et que vous
ne confondiez pas les événemens qui vous con-
cernent spécialement, ceux sous l'influence desquels vous êtes placée, avec certains mystères
inexplicables à l'homme et dont Dieu conserve le
secret.

Bertrade prêta à son discours une attention re-
cueillie. Le ton de ses paroles, sa figure belle et
grave, les hautes questions qu'il traitait, produi-

sirent sur elle une forte impression. Il était facile
de voir qu'elle ne regardait pas sans une sorte
de respectueuse vénération le jeune adepte, des
décisions duquel allaient dépendre ses projets.

—Vous, qui joignez la sagesse et l'expérience
d'un vieillard à l'enthousiasme et à l'ardeur de
votre âge, soyez l'arbitre de mon sort, dit-elle, en
posant sa jolie main sur les genoux de Josselin.
Quoi que vous pensiez, dites-moi la vérité; oubliez
mon sexe et mon rang; ne voyez en moi qu'une
humble solliciteuse implorant les lumières de votre art.

Josselin sentit trembler la main de Bertrade; il
leva ses yeux sur elle, et crut lire dans ses traits
émus qu'elle connaissait son amour et en accep-
tait l'hommage. Dans son délire, il ôsa presser
sur ses lèvres la main charmante qu'il tenait. Cette
action causa à Bertrade une émotion singulière.
Son orgueil de reine s'indigna qu'un humble compagnon ôsât élever ses vœux jusqu'à elle, son
cœur de femme fut flatté de ce tribut sincère
rendu à sa beauté; néanmoins, ne voulant pas
laisser une telle audace impunie, elle leva sur Josselin des yeux indignés qui s'adoucirent en ren-

contrant son beau visage. Touchée à son tour de
l'agitation qu'il montrait, songeant que cet homme
qui palpitait devant elle allait prononcer sur son
sort, elle demeura silencieuse, sans retirer sa
main, sans savoir comment agir. Enfin, retrou-
vant, après quelques efforts, le sang-froid qui la
rendait constamment maîtresse d'elle-même, elle
reprit la parole, comme si elle ne se fût pas aperçue du baiser de Josselin.

— Docte devin, la détermination que je dois
prendre, d'après vos paroles, va décider de ma
vie. Les conséquences peuvent en être incalcula-
bles; souffrez que je fasse une épreuve. Je voudrais que vous me disiez mon passé, que je connais, avant de prononcer sur un avenir que j'ignore.
Ne voyez, je vous en conjure, dans cette précaution aucune marque de défiance pour une science
à laquelle je crois comme à l'existence de Dieu, et
dont vous êtes un si remarquable adepte, mais les
circonstances dans lesquelles je suis placée et les
grands intérêts qui se lient aux miens, me font un
devoir d'en agir ainsi.

— La tâche que vous m'imposez, Madame, est
délicate, répondit Josselin; il ne dépendra pas de

moi de m'en tirer avec honneur. Toutefois je dois vous avertir que certains événemens passés que l'on regarde comme importans, laissent souvent des traces si légères qu'elles échappent à la chiro-mancie. Au contraire, en annonçant l'avenir, on ne tient compte que des signes évidens, et si l'on commet quelques omissions, on n'a du moins que peu d'erreurs à craindre. Maintenant, Madame, je vais étudier votre main.

Il examina attentivement les quatre lignes prin-cipales, les triangles, les monts, les racines des doigts, les jointures, les razettes et les plus petits signes tracés sur la main de Bertrade. Après quoi il réfléchit quelques instans et fixa sur elle un re-gard qui tenait en même temps de l'amant et du devin. Bertrade, pâle et agitée, montrait l'angoisse d'un prévenu qui attend l'arrêt de ses juges.

— Madame, dit-il d'une voix lente et grave, annonçant la conviction entière dont il était péné-tré, vous êtes née le matin, au lever du soleil; votre mère mourut en vous donnant le jour, votre père la suivit bientôt; vous restâtes confiée aux soins d'un parent... Votre enfance a été nourrie dans les grandeurs; mais vous êtes placée sous l'influence du soleil, et Dieu vous réservait de plus brillantes destinées... elles ont été accomplies... A dix ans, vous courûtes risque de vous noyer; un an plus tard, vous échappâtes au feu... une femme vous sauva du premier danger, un homme d'armes du second.

Ici il hésita et baissa les yeux avec embarras, son front plissé dénotait la peine et le mécontentement.

— Vous ne continuez pas, dit Bertrade dont l'esprit semblait confondu ; qui vous arrête, Josselin ? Sans doute ma vie n'a pas été exempte de fautes, mais si j'ai trouvé la force de les confesser, j'aurai bien celle de les entendre.

— Madame, puisque vous l'exigez...

— Je vous en supplie, Josselin. — Songez, mon ami, continua-t-elle d'une voix flatteuse, qu'en vous confiant ma main je savais vous ouvrir mon âme, seulement je désire que vous y lisiez à haute voix.

— Eh bien ! Madame, dit-il en rougissant, vous avez été ingrate envers vos sauveurs. La femme est morte misérablement, l'homme d'armes attend encore sa récompense.

—Je la lui donnerai, s'écria-t-elle, j'en prends le ciel à témoin. — Josselin, voulez-vous continuer. Quel homme vous êtes! vous me rappelez des circonstances que j'avais moi-même oubliées.

— Votre parent, Madame, vous maria de bonne heure, il le fit sans vous consulter. — Josselin hésitant de nouveau, un regard de la reine l'invita à poursuivre. — Vous oubliâtes bientôt le dégoût que vous causait cette union en considération du rang qu'elle vous donna; mais ce n'est pas tout, plus tard encore... Ah! que veut dire ceci?

— Quoi! balbutia-t-elle, qui vous étonne, Josselin?

La figure du compagnon devint sombre et inquiète; il examina de nouveau la main de Bertrade et murmura à demi-voix :

— Pourtant je ne me trompe pas : « deux lignes »transversales sur la montagne du petit doigt, »dans le domaine de Mercure, annoncent autant »de mariages... si elles sont circonflexées et »ployées tout autour, on en conclut qu'il existe des »empêchemens légitimes... si elles sont droites... »je m'y perds!... »

Il leva les yeux sur Bertrade et la regarda fixement. Celle-ci essaya de parler ; elle n'en trouva pas la force ; elle ne put même soutenir le regard de Josselin qui, dans ce moment, lui paraissait tenir de Dieu ou participer de l'enfer.

— Madame, reprit-il, vous avez conclu deux mariages malgré des causes graves qui devaient s'y opposer ; le premier a été par vous violemment rompu ; le second... Il s'arrêta et réfléchit sérieusement.

— Le second ! Josselin, dit-elle d'une voix éteinte ; eh bien ! vous ne continuez pas !...

— Ce second mariage, Madame, a été célébré sous de fâcheux auspices ; il a dû susciter des troubles et des divisions... Mais tout s'appaisera ; vous surmonterez les obstacles qu'on vous oppose, votre union sera validée...

— Vrai ? s'écria-t-elle. Oh ! soyez béni ! cher Josselin ! Dans la joie que lui causa cette prophétie, elle entoura le compagnon de ses bras charmans et l'embrassa avec effusion. Celui-ci obéissant à une impulsion galvanique osa la presser sur son sein ; il osa même, dans le délire de ses sens, imprimer un baiser brûlant sur les lèvres de la reine.

Cette hardiesse inouïe la rendit à elle-même ; elle le repoussa avec un brusque dédain, et son beau visage s'enflamma d'indignation. Mais Josselin montrait un si touchant repentir mêlé d'un bonheur si complet, que la reine dont la bouche frémissait encore de l'ardeur de son baiser, n'eut pas la force de se fâcher de cet hommage audacieux. D'ailleurs, ce beau jeune homme, malgré son obscure profession, n'était-il pas par son art l'égal des plus nobles seigneurs ? Quel riche baron, quel comte régnant pouvait la servir aussi utilement de ses armes, qu'il le ferait avec cette puissante faculté de pénétrer l'avenir. Quelle reconnaissance ne lui devait-elle pas pour la prédiction qu'il venait de faire ; comment s'indigner pour une offense, à tout prendre, si légère, contre un homme annonçant que ce mariage qui avait failli exciter une guerre civile, qui avait divisé l'Église, qui avait attiré sur sa tête trois excommunications prononcées en plein concile par le pape et les grands prélats, que ce mariage contre lequel se déclarait dans le moment même une partie de la chrétienté, qui mettait le royaume en interdit et la forçait de se cacher pour se soustraire à un orage dont le roi son époux ne pouvait la garantir ; que ce mariage, enfin, qui la ferait reine de France, serait enfin légitimé… Et déjà elle se voyait de nouveau assise sur le trône, d'où elle craignait d'être descendue pour toujours, faisant expier à ses ennemis les humiliations de tous genres dont ils l'avaient abreuvée.

Ces réflexions, qui se pressaient rapidement dans l'esprit de Bertrade, lui causèrent une si forte ivresse, que ne sachant en quels termes l'exprimer, elle fut près encore de sauter au cou de Josselin, comme un enfant qui manifeste sa joie par des caresses et des cris ; mais cette fois elle se contint, et désirant entendre la confirmation de l'heureuse prédiction qui lui avait été faite, elle la demanda à Josselin.

— Oui, Madame, répondit-il, en baissant les yeux, comme s'il craignait que Bertrade n'y découvrît quelque chose qu'il voulait cacher, ou qu'il n'eût pas la hardiesse de la regarder pour lui dire de dures vérités, ce mariage d'où dépend tout votre avenir, non que votre cœur y soit intéressé, mais bien votre ambition, sera reconnu par ceux qui s'y opposent aujourd'hui. Cependant vous n'arriverez à cette heureuse issue qu'à force de démarches et d'efforts, et en appelant à votre aide le dévouement de serviteurs judicieux... Le terme en serait plus prochain, et vous éprouveriez moins de difficultés pour parvenir à l'accomplissement de vos vœux, si un ennemi redoutable...

— Un ennemi ! s'écria-t-elle en l'interrompant : un entre tous, n'est-ce pas ? Ah citez-le moi, Josselin.

— Je le voudrais, Madame ; mais mon art est borné dans d'étroites limites, et vous concevez...

— Comment vous ne pouvez pas me dire quel est cet ennemi... Que servait donc de m'en parler ! Maître devin, votre science est bien peu de chose, si elle me cache précisément ce que je voudrais savoir.

A cette sortie singulière, Josselin leva les yeux sur elle et soupçonna sa qualité, mais malgré l'humeur vraiment royale qu'elle montrait, croyant cette pensée hors de toute vraisemblance, il l'a rejeta sans s'y arrêter davantage.

— Madame, reprit-il d'un ton grave, loin de vous plaindre du peu d'étendue de la science que

je professe, vous devriez être étonnée au contraire des révélations qu'elle m'a permis de vous
faire. Au reste, voici les renseignemens qu'elle
donne sur votre ennemi : c'est un homme jeune,
hardi, entreprenant, un allié de votre famille.

—Il suffit, je le connais, interrompit Bertrade
d'un son de voix aigu ; oui, ne m'a-t-il pas toujours témoigné son mépris.... sa haine... Oh, mais
je la lui rends bien... Mon bon Josselin, continua-
t-elle d'un ton caressant, voulez-vous poursuivre?

—Madame, continua-t-il, vous avez eu trois
enfans. Le premier né sera sage, fort et vaillant;
il méritera l'admiration de ses égaux, l'amour de
ses inférieurs ; il fera le bien et sera glorifié de
tous. — L'ennemi qui vous persécute, souffle
aussi contre lui son influence maligne...

— Qu'il soit maudit et damné, murmura-t-elle
sourdement.—Mais, Josselin, dans cette lutte entre
mon fils et cet homme, lequel sera victorieux?

Le compagnon ne répondit pas; toute son attention était fixée sur une ligne qu'il venait de
découvrir entre les deux condyles du petit doigt
de la reine. A mesure qu'il l'examinait, sa figure
prenait une expression plus sombre.

— Qu'avez-vous, Josselin ? demanda Bertrade avec inquiétude.

Elle ne reçut pas de réponse.

— Sûrement vous avez vu quelque fâcheux pronostic ; je désire le connaître, je le veux, Josselin ; entendez-vous s'écria-t-elle en lui secouant le bras : j'en ai bien le droit, par Dieu.

— Madame, je vous jure par saint Hilaire-de-Poitiers et la vraie croix de Jésus-Christ, que je n'ai rien vu de contraire aux prédictions que je vous ai annoncées.

— Vous me cachez quelque chose, je ne le permettrai point ; çà, Josselin, expliquez-vous, n'ayez aucun ménagement, je suis préparée à tout.

Elle lui mit sa main sous les yeux, et Josselin la regarda en murmurant à voix basse :

— « Quand au milieu du petit doigt de la femme sera trouvée une ligne noire et profonde, entre la deuxième et la troisième jointure, la femme sera charnelle et déshonnête ; si cette ligne n'était noire et continue, la femme le serait seulement de volonté et non d'effet ; si cette ligne est subtile, la femme n'est pas corrompue, mais elle le sera prochainement. » — Quel choix ! Quelle terrible

alternative ! Ma raison s'égare, je ne sais quel ju-
jement porter.

Il eut un moment d'émotion cruelle qui agita
son corps d'un tremblement convulsif ; puis faisant un effort violent il sourit d'une façon étrange,
et son beau visage qui n'avait jamais reflété que
les élans d'une âme pure, prit une expression mauvaise : premier effort de cet amour que la raison
et la vertu condamnaient.

— Madame, reprit-il avec un regard équivoque,
pourquoi exigez-vous... — Elle fit un geste d'impatience. — Vous avez aimé deux fois ?

— Et deux fois j'ai mal placé mon amour, répondit-elle tristement ; hélas ! Josselin, si je vous
eusse connu plus tôt..... Vous m'auriez servi de
guide, ajouta-t-elle d'un ton qui laissait à son premier membre de phrase toute la valeur qu'on voulait y attacher. — Josselin, j'entends du bruit dans le
palais ; la cérémonie doit être achevée, il est temps
de vous retirer...l'un de ces jours je vous reverrai,
car j'ai encore besoin de vous. Mon habile devin,
poursuivit-elle en se rapprochant de lui, connaissez-vous Geoffroy-Martel, le fils aîné du comte
d'Anjou ?

Josselin, surpris de cette question, répondit qu'il l'avait vu.

— Je voudrais connaître son destin.

Le compagnon tressaillit. Ses yeux pénétrans s'attachèrent sur le visage de Bertrade. Il y trouva une émotion peu ordinaire; et se rappelant aussitôt la conversation qu'il avait eue la veille avec le chevalier, sans autre examen, aveuglé par un soupçon jaloux, il s'imagina que de tendres relations existaient entre eux, et qu'ils comptaient faire de lui l'instrument de leurs amours.

Cette pensée lui causa une irritation violente; mais habitué à se contraindre, il n'en laissa rien paraître et dissimula sa colère sous l'apparence d'un respectueux dévouement.

— Josselin, poursuivit-elle, pourriez-vous me rendre ce service. Vous mettriez le comble à ma reconnaissance, à mon affection pour vous.

— A ce prix, Madame, que n'essaierais-je pas? vos moindres desirs sont des ordres saints auxquels je m'estime trop heureux d'obéir. S'il dépend de moi de vous satisfaire, rien ne me coûtera pour y arriver.

— Ni à moi pour vous en récompenser, dit-elle

15

avec un sourire qui remua Josselin jusqu'à l'âme.

—Oh! que vous êtes belle, que vous êtes ravissante, Madame, dit-il en serrant la blanche main
qu'il avait toujours gardée ; s'il m'était donné de
passer ma vie à vos pieds, je la trouverais trop
courte pour suffire à tant de bonheur.

Elle sourit et le conduisit vers la porte.

—Demain, ou le jour suivant, je vous ferai appeler, dit-elle, après s'être informée de la demeure
de Josselin ; au revoir mon savant devin.

Il s'inclina profondément et baisa la main de
Bertrade. Il crut sentir une douce pression lui
répondre. La reine ayant ouvert la porte, prit
un air de dignité et fit signe à Josselin de se retirer. Il sortit, et dans le trouble de son âme agitée par des passions diverses, il demeura debout
près de la porte fermée, sans remarquer Adélaïs
qui venait à sa rencontre.

— Maître compagnon, qu'attendez-vous là?
dit-elle.

La jeune fille avait un petit air d'humeur qui
donnait un charme particulier à sa figure candide
et pure. Josselin, en la regardant, fit une amère
comparaison.

— Auriez-vous l'intention de retourner avec madame? votre visite a duré assez longtemps, du moins, si j'en juge à l'ennui que j'ai éprouvé dans cette chambre.

— Noble demoiselle, répondit Josselin, ne voulez-vous pas aussi consulter la chiromancie? Lorsqu'on parle de l'avenir le temps s'écoule rapidement.

— C'est selon : quand l'avenir ne promet rien de mieux que le présent.

— Le savez-vous dit Josselin?

— J'en ai le pressentiment. Au surplus, voyez ma main.

Josselin jeta un coup-d'œil sur la main d'Adélaïs, et la laissa aussitôt.

— Noble demoiselle, dit-il avec tristesse, vous avez la bonté d'un ange, votre place n'est pas ici.

En achevant, il gagna le corridor, où il trouva Raca, qui le conduisit à travers différens appartemens, jusqu'à la porte du palais.

— Il a raison, dit en soupirant la jeune fille; je devrais être loin d'ici... Pourtant Madame est bien malheureuse, je suis sûre qu'elle m'aime... il serait mal de la quitter... D'ailleurs ma pauvre mère ne veut pas que j'habite Évrault... elle préfère souffrir seule que de me rendre témoin des scènes terribles qui s'y passent... enfin la volonté de Dieu soit faite.

Elle reprit son air de sérénité habituelle, et se rendit dans la chambre de la reine.

En sortant de l'évêché, Josselin se rendit chez la mère. La consécration de l'église Saint-Nicolas venait de se terminer, la procession était de retour en ville, et la foule qui l'avait suivie s'écoulait lentement dans les rues avoisinant la cathédrale, en causant de cette belle cérémonie. Le Saint-Père, dont la visite fut regardée, par les Angevins, comme un si grand événement qu'on y prit date de cette époque comme à Rome de la fondation de la ville, occupait tous les esprits. Néanmoins on parlait aussi du sermon remarquable prononcé par Robert d'Arbrissel, et ceux qui l'avaient entendu le répétaient plus ou moins littéralement, et avec force commentaires, au plus grand nombre demeuré en dehors des portes.

Josselin eut peine à se tirer de cette foule qui l'importunait, et dont les paroles confuses formaient une sourde rumeur bourdonnant à son

oreille. Il avait besoin de silence pour se recueil-
lir, de solitude pour rêver. Il eût voulu interroger
son âme, démêler ses pensées et ses impressions,
mais il était dans un tel état de trouble, ses facultés avaient atteint une si forte excitation, que ce
retour sur lui-même ne pouvait pas être l'affaire
d'un instant, ni s'effectuer par sa seule volonté ;
elle dépendait du temps et du refroidissement de
la fièvre qu'il éprouvait. Il arriva donc chez la
mère sous l'empire des sensations qu'il avait em-
portées de l'évêché, et sans être parvenu à mettre
en ordre ses idées.

En entrant dans la salle basse, il vit Geoffroy-
Martel, Cocart et Yvon attablés devant un quartier
de bœuf que le géant couvait des yeux, pendant
que le jeune chevalier laissait parler le bossu. Josselin était attendu apparemment avec une égale
impatience par ces trois individus ; car, en le
voyant arriver, Geoffroy poussa une exclamation,
Cocart un aigre cri de joie, et Yvon lui-même
grogna d'une façon fort aimable.

— Par ma bosse ! le ciel soit loué. Te voilà enfin
de retour ; si tu avais tardé une heure, j'étais décidé à te faire bannir au prône : le camarade

m'avait alarmé sur ton compte. C'est deux deniers d'épargnés. Mets-toi à table, pays (1), tu vas nous conter tes aventures en dînant.

—Maître Josselin, je vous félicite sincèrement; trois heures passées en tête à tête avec cette merveilleuse beauté, cela promet pour l'avenir.

Yvon, desirant sans doute ne pas demeurer en arrière, frappa son gros poing sur la table, au risque de briser les plats, ouvrit la bouche, comme s'il voulait y introduire un gigot, cligna les yeux en contractant tous les muscles de sa figure; et, après ces préliminaires, qui eussent fait croire qu'il se préparait à improviser un discours, il accoucha péniblement d'un oui, fortement accentué.

Josselin, dans sa préoccupation, ne distingua parfaitement des paroles des trois convives que le monosyllabe d'Yvon, tant il est vrai que les discours concis produisent toujours le plus d'effet. Il prit place à table, et le bossu dont le silence de Josselin excitait la curiosité, dit, en

---

(1) Ce mot a été de tout temps fort usité parmi les compagnons. C'était une marque de fraternité et de bon accord. — On disait également : *cotterie*.

découpant le bœuf, opération qui arracha un gro-
gnement d'aise à Yvon :

— Voyons, Josselin, par saint Vital de Ravenne!
çà, raconte-nous, mon garçon, comment tu as
passé ton temps. On dit que tu as été chez une
dame de qualité ; a-t-elle les yeux verts et les
cheveux couleur d'or, les lèvres peintes et bonne
haleine? Jamais une femme qui n'aura pas ces
qualités essentielles ne saura m'inspirer d'a-
mour.

— Maître Cocart, répartit Geoffroy, qui désirait
soutenir la conversation sur ce sujet, pour tirer
du compagnon les renseignemens qu'il désirait,
je ne doute pas que cette dame ne possède les
qualités qui constituent pour vous une beauté accomplie. La discrétion de Josselin atteste l'importance qu'il attache à sa conquête, puisqu'il craint
la rivalité d'un fidèle ami tel que vous.

— Par saint Zénon, il mériterait, pour faire ainsi
le mystérieux, que je me misse en tête de le sup-
planter chez sa belle ; vous riez, l'ami, n'est-ce
pas que le tour serait bon. Par malheur, je ne tiens
pas la clé qui ouvre l'oratoire des dames, et vous
introduit dans leur cœur en y prenant leurs se-

crets. Si j'étais chiromancien, je voudrais porter un surtout tissé avec un cheveu de chaque femme que j'aurais séduite.

— S'il est vrai que la chiromancie a tant d'ascendant sur les belles, je ne comprends pas l'air soucieux de Josselin. Maître Cocart, que devons-nous en conclure?

— Ce que vous voudrez, messire, répartit le compagnon avec une impatience visible; pourvu toutefois que vous n'affectiez pas de croire, je ne sais à quel propos, que je suis assez fou pour être amoureux de cette dame. Elle m'honore de sa confiance, et me consulte de préférence à d'autres chiromanciens; cela n'a rien qui doive tant vous étonner, et Cocart sera peut-être plus disposé à nous épargner ses folies, quand il saura que cette dame est la même que j'ai déjà vue à Paris.

— Ah! cette merveilleuse beauté dont tu m'as fait un si séduisant portrait que j'en perdais le sommeil?

— Compère Josselin, vous entendez, s'écria le jeune prince en riant; après cela vous n'essayerez plus, j'espère, de dissimuler avec nous. D'ailleurs, ce serait peine perdue. Sans être aussi sa-

vant que vous, il m'arrive quelquefois d'être un
assez bon devin. Voulez-vous en faire l'épreuve ?

Josselin n'avait vu jusqu'alors dans les discours
du chevalier rien qui confirmât ses soupçons.
Néanmoins, désirant savoir d'une manière posi-
tive à quoi s'en tenir sur ce point, il consentit très
volontiers à sa demande, bien résolu à le laisser
parler, sans s'écarter lui-même de la plus stricte
réserve. Une réflexion qui se présenta dans ce
moment à son esprit, le détermina encore à garder dans cette affaire une entière circonspection.
Il pensa que Geoffroy-Martel ne s'était pas décidé
à l'accompagner, sous ce déguisement, par la raison seule qu'il lui avait alléguée. Il en conclut donc
que ses relations avec la dame en étaient la cause
réelle, et qu'il n'insistait autant à lui parler de son
amour, que pour lui arracher l'aveu d'un sentiment que sa jalousie aurait deviné. Dans cette
persuasion, avec un commencement d'hostilité
contre Geoffroy-Martel, il sentit s'évanouir le respect qu'il lui portait, et il le regarda dès lors
comme un ennemi dont il devait se défier. Il avait
un vif désir de considérer sa main, dont les révélations lui eussent été d'un grand secours, et lui

auraient donné à tout événement des armes puissantes contre Geoffroy, en l'instruisant de son destin, mais il ne savait comment le lui demander;
et il cherchait le moyen d'y arriver, quand celui-
ci même lui en offrit l'occasion.

— Eh bien donc, maître Josselin, reprit le
prince, puisque vous consentez à mettre ma
science à l'épreuve, je vais commencer sans différer plus longtemps. Cependant j'y mets une
condition raisonnable, c'est que vous avouerez
franchement la vérité, quand il m'arrivera de la
dire.

— Je mets une condition fort raisonnable aussi
à l'acceptation de la vôtre, répartit Josselin, c'est
que vous me permettrez d'examiner votre main
pendant que vous parlerez.

— Volontiers, mon jeune maître, dit le chevalier aussi confiant que loyal, en tendant sa main
musculeuse à Josselin. — Par Roland, le preux
comte d'Angers, je ne crains pas qu'on y lise rien
qui puisse me faire rougir. — Çà, compagnon,
êtes-vous prêt à m'écouter?

Josselin ne répondit pas, son attention était
concentrée sur la main du chevalier. Cocart, qui

se mêlait de tout, dans l'espérance de trouver à
placer son mot, s'était approché de Josselin, et
sans y comprendre rien, il suivait attentivement
son inspection, branlait la tête, ouvrait la bouche,
avançait le doigt avec diverses contorsions, dont
sa figure seule possédait le privilége. Pendant ce
temps, le brave Yvon, que nous mentionnons
pour mémoire, retiré philosophiquement à l'autre
bout de la table, après avoir léché les os pour la
viande qui les couvraient, s'occupait à les ronger
pour la moëlle qu'ils renfermaient.

— Avant tout, commença Geoffroy, je dois vous
dire où vous avez vu cette dame, car le lieu qu'elle
a choisi pour demeure est le dernier où l'on penserait la trouver. C'est le digne évêque d'Angers
qui a l'honneur d'être son hôte.

— Comment le savez-vous? s'écria Josselin,
un moment distrait de ses observations.

— Étrange question, mon jeune maître! N'ai-je
pas dit que je suis devin!

Un sourire singulier passa sur les lèvres de Josselin.

— A coup sûr, tu ne sais pas ce qui t'intéresse
le plus, murmura-t-il à voix basse.

— Vous l'avez trouvée assise dans une posture
à la fois nonchalante et gracieuse ; elle était vêtue
avec élégance, ses bras étaient ornés de bracelets
d'or fin, elle portait à l'index de sa main gauche
une bague de perles blànches...... Votre étonnement m'annonce que je dis vrai.

En effet, une forte émotion se peignit sur la figure du compagnon ; mais il eût été difficile de
décider si elle était causée par les révélations de
Geoffroy, ou si, plutôt, elle ne prenait pas sa
source dans les découvertes qu'il faisait sur sa
main.

— Maintenant, je dois parler d'elle : ses yeux
bleus sont au dessus de tout éloge, comme de toute
description. Doués d'un charme inexplicable, ils
pénètrent, émeuvent, attendrissent ; ou, par un
étrange contraste, ils allument le sang, irritent les
passions et soulèvent une fièvre ardente qui em-
brase le corps et l'esprit. Votre art vous a révélé
que cette femme artificieuse partage rarement les
mouvemens qu'elle inspire. Qu'elle les observe et
les domine à la faveur de l'insensibilité dont son
cœur est cuirassé. Ses sourcils délicats sont noirs
comme l'aile du corbeau ; c'est aussi la couleur de

ses cheveux qui n'ont pas leurs pareils en France. Sa peau a la blancheur éblouissante du lys, ses lèvres et ses joues le disputent à l'églantine. En un mot, les formes pures de son corps, le contour gracieux de son sein, et les lignes suaves de sa figure offrent un ensemble de si étonnantes perfections, qu'on ne peut la comparer qu'aux bienheureuses vierges du ciel.

— Par saint Marc de Venise! s'écria Cocart, qui, pendant cette description s'agitait convulsivement sur son siége, en grimaçant de manière à faire envie à un singe ; le diable m'enlève ma bosse si je ne trouve pas moyen d'aller à la place de Josselin dans l'oratoire de cette dame. Ce serait la première fois que je verrais fumer une vapeur appétissante sans mettre mon doigt dans la sauce.

— Maître Josselin, ai-je dit vrai ?

— J'en conviens, répondit le compagnon qui, absorbé dans la contemplation de la main de Geoffroy, tressaillit à cette question et leva les yeux sur lui.

— Puisque la description que j'ai faite de sa personne est exacte, dit-il, je vais entreprendre

la tâche plus difficile d'esquisser son caractère.
Je ne pense pas que les sentimens que sa beauté
vous inspire, vous aient aveuglé sur la noirceur
de son âme...

— C'en est assez, interrompit Josselin, plutôt
que d'entendre rien d'offensant pour cette dame,
je préfère convenir que vous la connaissez.

Cette déclaration lui fut inspirée autant par son
amour pour Bertrade, que par la crainte de se laisser prendre à une ruse du chevalier, qui voulait
peut-être profiter de ce moyen pour savoir ce
qu'il pensait d'elle.

— Bien dit sur ma foi! s'écria celui-ci gaiement,
vous êtes un amant accompli; les paladins du
temps passé n'ont jamais montré plus de vénération et de respect pour leur dame. Changeant de
ton brusquement, il se leva, et serrant le bras de
Josselin :

— Oui, je la connais, dit-il d'une voix basse,
mais énergique, et je vous recommande, pour votre bonheur dans ce monde et votre salut dans
l'autre, de fuir cette femme comme le péché.
Adieu, croyez-moi, Josselin, ou il vous arrivera mal.

Le compagnon, en le voyant s'éloigner, murmura avec une orgueilleuse pitié :

— Que me font tes menaces ou tes avertissemens, quand je connais ta destinée. Va, je suis plus fort que toi, je te brave et te défie.

Il demeura convaincu par les derniers mots de Geoffroy, qu'il prit pour une défense de voir Bertrade, que le jeune prince lui faisait l'honneur de craindre sa rivalité. Cette pensée, qui flattait sa vanité, lui inspira un désir plus vif d'être appelé auprès d'elle.

IX.

Le lendemain de grand matin, Évrault, suivi de
deux varlets portant chacun un sac de cuir, qui
paraissait fort pesant, entra au château de Foulques–Rechin. Le sénéchal, informé qu'il désirait
voir le comte, se présenta pour lui parler ; et, dès
qu'il eut aperçu les deux varlets dont il était accompagné, il lui souhaita la bien-venue en disant
qu'il ne se doutait pas, quoiqu'il fût encore de

bonne heure, que son maître ne fût disposé à recevoir son preux vassal, et qu'il allait aussitôt l'informer de sa visite. En effet, il sortit de la salle où il avait laissé Évrault, et revint un moment après l'inviter, d'un air riant, à le suivre chez le comte.

Évrault, dont ces prévenances ne déridaient pas la figure plus foncée que de coutume, fit signe à ses gens de venir, et marcha sans mot dire sur les pas du sénéchal. Arrivé devant un porche de menuiserie qui donnait accès chez le comte, il ordonna à ses varlets de déposer leur fardeau, et entra seul dans cette chambre, où Foulques-Rechin se retirait constamment, lorsqu'aucune affaire urgente n'appelait sa présence ailleurs.

Elle était située à l'extrémité du château la plus éloignée de la ville, au-dessus de la basse chaîne. De ce lieu élevé l'œil embrassait une admirable perspective. Les ponts jetés sur la rivière, le faubourg de la Doutre qui commençait une seconde ville, l'abbaye de Saint-Nicolas, s'offraient sur le premier plan. La Mayenne roulant ses belles ondes entre de vertes prairies, rompait leur uniformité, et disparaissant quelquefois dans ses dé-

tours capricieux derrière des bouquets d'arbres
sur des promontoires avancés, elle apparaissait
au loin comme un beau lac perdu au milieu des
bois. Les coteaux qui la bordent jusqu'à son entrée dans la Loire, montraient les précieux vi-
gnobles où mûrit le vin d'Anjou. Du côté opposé,
le regard effleurait la ville, et plongeait sur une
immense plaine émaillée de nombreux hameaux.
Les fenêtres devant lesquelles se déroulait ce
magnifique horizon étaient garnies de vitraux,
luxe inusité alors pour les plus nobles maisons,
et réservé exclusivement aux églises. Des tapisseries sarrasinoises, chose également rare dans
ce temps, étaient tendues sur les murailles. Elles
offraient un brillant mélange de fruits, de fleurs
et de dessins groupés dans le genre oriental. Un
chauffe-doux en briques rouges, incrusté de mo-
saïques, entretenait une température agréable
dans cette salle, où se trouvaient tous les meubles utiles et les objets d'art que l'on connaissait
alors.

Foulques était assis sur une chaise à bras de
cuir noir garnie de clous d'argent, devant une table d'ébène sur laquelle était un gros livre relié

en marocain rouge, avec des fermoirs, des coins et des bossettes d'or. Ce livre était ouvert, et rempli à moitié de gros caractères gothiques écrits de la main du comte, et surchargés d'interlignes et de ratures. Sur des tablettes placées derrière lui, on voyait une vingtaine de volumes composant sa bibliothèque. Parmi eux, se trouvait un recueil d'homélies d'Haimon, évêque d'Halberstat, acheté un demi-siècle auparavant par Grécia, épouse de Geoffroy-Martel, son oncle, pour deux cents moutons, douze setiers de froment, autant de seigle, plusieurs peaux de martres et huit marcs d'argent.

Foulques était vêtu simplement : une robe de drap brun garnie de fourrures, un bonnet semblable, et des poulaines ou souliers à pointe recourbée dont il établit l'usage, composaient son habillement. Il n'avait guère que cinquante ans, mais son extérieur accusait dix années de plus; son corps était voûté, ses cheveux et ses sourcils grisonnaient, sa figure jaune, sèche et ridée dénotait un tempérament bilieux, une humeur âcre et quinteuse que ne rachetait aucune bonne qualité.

En voyant entrer Évrault, il réussit à sourire, et ses yeux fauves caressèrent les sacs qu'il avait laissés dans le porche, évaluant par son humeur l'importance de leur contenu. Après qu'ils eurent échangé les complimens en usage entre un vassal et son seigneur, le comte invita Évrault à prendre place sur un siége ; il fit une petite toux sèche ressemblant à une exorde, et dit, en jouant avec les barbes de sa plume :

— Combien il y a–t–il que tu es venu à Angers ? plus d'une année, Dieu m'assiste !

— Votre seigneurie a-t-elle oublié déjà ma visite des Pâques dernières, répartit brusquement Évrault. Sang du diable, pour moi je me la rappelle très bien, à telles enseignes que j'y laissai...

— Bon, quel oubli ! c'est parbleu vrai ! nous avons fait nos Pâques ensemble : à telles enseignes, comme tu dis, que tu laissas ta raison au fond des coupes...

— Et mon argent dans ce bahut.

— Oui, quelques marcs d'argent, dit le Réchin, en souriant.

— Avec cent marcs de bon or, des bijoux, des perles et le diable...

— Vraiment ! as-tu été aussi généreux, Évrault!
Par Saint-Aubin, tu devais avoir une fière peur et
grand besoin de mon appui... Aussi ne t'a-t-il pas
manqué...

Évrault croisa les bras, et les muscles de sa figure se gonflèrent avec colère :

— C'est au contraire qu'il m'a manqué quand
j'en avais le plus besoin, quoique je l'eusse acheté
deux fois plus cher qu'il ne valait. Votre seigneurie ne m'a-t-elle donc pas laissé me tirer seul du
bourbier, et a-t-elle daigné envoyer un seul
homme d'armes à mon aide?

— Et par hasard en ai-je envoyé un seul grossir
les rangs de tes ennemis, répartit le comte du
même ton; si je l'eusse fait, serais-tu vivant à cette
heure? — Évrault, tu me donnes une leçon dont
je ferai mon profit; je saurai maintenant ce qu'on
gagne à obliger un ingrat qui croit être quitte envers vous quand il a payé en reproches les services qu'on lui a rendus.

— Sang du diable, monseigneur, si cette mon-
naie avait eu cours entre nous, je n'aurais pas vu
aussi souvent mes sacoches s'enterrer dans ce
bahut.

—Mort Dieu! tu tiens à ton argent, comme un teigneux à son bonnet.

—C'est qu'il me coûte à gagner, répondit sombrement Évrault.

—Je ne prétends pas le contraire, mais à qui la faute, Évrault?

—Au diable et à moi j'imagine... Mais au reste n'en parlons plus, ce qui est fait est bien fait; si j'étais à recommencer je n'agirais pas autrement. Le bien d'autrui a toujours été pour moi un objet de séduction, c'est dans mon sang comme de blasphêmer le ciel et de houspiller les moines.

—Quant à cela, mon compère, si tu t'y prenais adroitement, je n'y verrais rien à dire. J'ai encouru assez d'excommunications pour t'affirmer pertinemment qu'elles font plus de bruit que de mal. Mais, s'il est permis de croire avec modération ceux qui parlent de l'autre monde, sans l'avoir jamais visité, il n'est pas indifférent d'attendre dans celui-ci aussi longtemps que possible à vérifier leurs assertions. Or, maître Évrault, tu suis un mauvais chemin, et j'ai quelques avis à te donner sur ce point.

—Ma réponse est prête, monseigneur, répartit Évrault, en clignant l'œil vers le coin où il avait mis les sacoches.

— Avant de rien répondre, tu vas d'abord m'écouter.

— Aussi longtemps qu'il vous plaira; mais quand tout le Maine et l'Anjou se soulèveraient contre moi je n'y pourrais rien ajouter.

Le comte fit sa petite toux et poursuivit comme s'il n'avait pas entendu.

— Évrault, tes voisins sont unanimes dans leurs plaintes : ils t'accusent de brigandages sur leurs terres, de pillages sur leurs vassaux, de violences contre l'église; on m'a cité plusieurs crimes commis par toi sur les grands chemins; on parle de voyageurs disparus dans ton chateau; en un mot, le dixième des griefs qu'on te reproche, suffirait pour faire pendre le meilleur chevalier. Il faut changer de conduite ou je ne réponds de rien.

Évrault fit une grimace équivalant à un sourire.

— Non, je parle sérieusement, continua Foulques-Réchin, d'un ton qui le faisait croire; il ne s'agit plus maintenant de doléances de manans qui se retirent satisfaits, si on daigne les écouter, et portent aux nues notre justice : l'abbé de Saint-

Florent-de-Mur est venu en personne m'apporter ses plaintes, les moines de Bourgueil m'ont envoyé leur procureur; ils exigent des restitutions dont je te donnerai la note, et sollicitent un châtiment exemplaire.

— Sang du diable! vilains tondus vous me déclarez la guerre! Si, deux mois après les vendanges, il reste dans les caves de Saint-Florent et de Bourgueil, un seul setier de la récolte prochaine, je consens à boire de l'eau croupie toute une année.

— N'était que je suis comte d'Anjou, j'en rirais vraiment de bon cœur. Ces moines sont d'une avarice... Croirais-tu, Évrault, que depuis plus de trois ans ils ne m'ont pas envoyé une busse de leurs vins en présent. Je ne leur ai pas caché pourtant que, des crûs de mon comté, le Saint-Florent est celui que je préfère... après le Bourgueil, toutefois... cependant le Saint-Florent...

— Monseigneur, répartit Évrault, qui comprenait à demi mot, je vous enverrai deux tonneaux de chaque espèce; à force de les comparer, peut-être parviendrez-vous à décider votre choix.

—Si tu me fais cette politesse, certes, mon féal,
tu n'auras pas de refus offensant à craindre... Seulement, je te recommanderai de sauver les appa-
rences; tu sais que ma dignité m'impose certaines
précautions... Si tu avais le bon esprit d'agir avec
discernement, tu ne serais pas aujourd'hui dans
une situation critique, dont Lucifer, ton allié, aura
peine à te tirer. — Il réfléchit, pinça les lèvres et
toussa à deux reprises. Évrault se tint sur ses gardes, comme à l'approche d'un danger.

—Vraiment, Évrault, je suis alarmé sur ton
compte, très alarmé, il faut le dire, je ne vois,
par saint Aubin! aucune espérance de salut; pas
la moindre chance, Dieu me damne!.

—Monseigneur..., dit Évrault en faisant mine
de se lever.

—Non, écoute-moi, la chose en vaut bien la
peine; nous règlerons nos comptes après. Je
viens au fait : Les seigneurs et les moines qui ont
à se plaindre de toi, voyant que tes brigandages,
malgré leurs représentations, continuent comme
par le passé, ont résolu de se liguer pour t'assiéger dans ta tour.

—Sang du diable! qu'ils viennent! ils me donneront un prétexte pour user de représailles. Monseigneur, au lieu de les en empêcher...

—Attends, je n'ai pas fini, interrompit Foulques-Réchin, qui paraissait prendre plaisir à tenir l'épée suspendue sur la tête du châtelain ; la ligue ne sera pas formée de misérables hobereaux traînant une meute de manans indisciplinés, prêts à s'enfuir au premier aspect d'un homme d'armes. Elle se composera des meilleurs soudards de l'Anjou, sous la conduite des plus vaillans chevaliers. — Il fit un temps d'arrêt, regarda fixement Évrault, et sourit en découvrant une contraction sur sa figure. — Des plus vaillans chevaliers, répéta-t-il avec emphase ; et tu me croiras facilement quand j'ajouterai que le sire de Beauval et de Jarzé a promis de s'y trouver. C'est assez dire que toute la noblesse y sera.

Les joues bronzées d'Évrault avaient pâli : il jeta sur le comte un regard scrutateur.

—C'est à la lettre, exactement comme je le dis, mais ce n'est pas tout, Évrault.

— Sang du diable ! finissez-en, s'écria le châtelain, partagé entre la colère et la crainte.

—Eh bien ! mon pauvre Évrault, continua-t-il,

d'une voix sifflante, ces enragés ont résolu de présenter une requête à mon fils Geoffroy-Martel,
pour le supplier de prendre leur commande-
ment.

—Je suis perdu! murmura sombrement Évrault.
— Il se leva, parcourut la chambre à grands pas,
et, revenant devant le comte: — C'est fait de moi,
je suis perdu.

—Perdu, répéta le comte, dont les traits exprimaient une sorte de joie maligne, sous sa feinte
commisération.

—Sang du diable! s'ils eussent été seuls, je me
serais tiré d'affaire; j'aurais amiellé les uns,
fait peur aux autres, et donné sur les doigts au
reste; mais, si Geoffroy-Martel s'en mêle..... Le
souffrirez-vous, monseigneur?

—Et comment l'en empêcher? Tu sais que mon
fils et moi ne chaussons pas le même soulier. Si
je l'avais écouté, il y a longtemps que tu ne serais plus des nôtres. Certes, il ne laissera pas
échapper cette occasion de te punir, et de faire
éclater son amour de la justice.

—Monseigneur, prenez-y garde, les Angevins
sont entichés de Geoffroy, ils jurent, par lui comme

par Roland. Si vous permettez qu'il se mette une fois à leur tête, savez-vous où il s'arrêtera?

— Bien, bien, mais n'oublie pas, Évrault, ta position désespérée pour mes dangers imaginaires, c'est trop de désintéressement. — Vraiment, je ne vois pas pour toi la moindre chance de salut; à ta place, je partirais.

—Fuir comme un lâche! m'avouer vaincu sans avoir tiré l'épée! s'écria Évrault, en frappant du poing sur la table; laisser ma tour, mes châteaux et mes baronies en héritage à ces coquins! Non, sang du diable! dussé-je voir tomber un à un mes braves soudards; voir combler mes fossés avec les débris de mes tours; dussé-je être écorché vif, ou haché comme chair à pâté, je resterai, par l'enfer! Je tiendrai tête à cette ligue. Aussi bien je me rappelle vous avoir tiré, du temps de Geoffroy-le-Barbu, d'une position plus critique; me laisserez-vous sans secours?— Il s'approcha de Foulques, et dit, en baissant la voix : — Si je les mets en déroute, toute leur fortune m'appartient; c'est un coup de maître à faire, mille livres d'or à gagner.

Les yeux du comte s'animèrent; il toussa sur un ton plus accentué que de coutume.

—Mille livres d'or, répéta Évrault, le double d'argent monnayé, la charge de vingt chevaux en ciboires, calices et autres ustensiles d'église; c'est une mine d'or et d'argent qui vient de s'ouvrir à nous; on n'a qu'à se baisser et prendre. Sang du diable! Satan nous aide!

Il fut chercher les sacoches et les déposa sur la table. Des pièces de tous pays roulèrent sous les yeux du comte.

—Voici le gain d'une année, poursuivit Évrault, en secouant les sacs avec un superbe dédain; cent livres pesant environ d'or et d'argent monnayé, jugez par cette bagatelle des profits de l'an prochain.

— Cent livres! reprit le comte, dont les joues tannées étaient couvertes de pourpre.

Et, fourrant au fond des sacs ses longs doigts décharnés, il parut éprouver un indicible plaisir à les baigner dans ce métal, qu'il vida doucement sur la table pour en repaître ses yeux.

—Cent livres, petit compère! et l'or y domine encore! Tu dois avoir soif, mon féal; nous allons boire un coup ensemble.

Il prit un sifflet et appela un écuyer, qui se présenta aussitôt.

— Deux coupes et une cruche, dit-il.

Le vin fut apporté, il remplit les coupes, et en offrit une à Évrault.

— Est-ce le vin d'accommodement? est-il convenu que nous ferons cause commune?

— Je n'ai rien à refuser à mon fidèle serviteur, mon ami le plus dévoué ; top là, Évrault, l'affaire est faite..... Mais nous partagerons le butin.

— A un gros d'argent près, vous en aurez la moitié, vous pouvez vous fier en moi.

— Je sais que tu es loyal, j'ai confiance à ta parole ; en revanche, compte sur la mienne, tu verras en temps et lieu bon nombre de vaillans soudards se ranger sous ta bannière. — Par saint Aubin ! si tu peux rafraîchir le sang de mes turbulens vassaux, et donner une leçon à messire mon fils aîné, tu me feras grand plaisir. Cette manie de se liguer peut avoir des conséquences... il est bon de l'arrêter... S'ils sont si jaloux de mettre leurs épées à l'air, que ne vont-ils à la Croisade! je voudrais les y voir tous, nous serions plus à l'aise ici. A ta réussite, compère.

— A votre santé, monseigneur.

— Par saint Aubin ! reprit le comte, quand ils eurent vidé les coupes, je te réserve une faveur que tu n'oserais jamais prétendre... un honneur que mon cousin de Beauval et de Jarzé achèterait au prix de son fief.

— Je ne connais pas d'honneur qui puisse valoir si grand prix.

— Oui dà, compère, s'il s'agissait de figurer dans mon histoire de l'Anjou (1).

— C'est différent, dit Évrault, qui ne parut pas comprendre toute l'importance de cette faveur.

— Eh bien! compère, je t'ai fait cette galanterie. Ta tour, ton fanal, tes exploits, tout cela est détaillé à côté des prodiges dont nous avons été témoins. Plusieurs siècles après ta mort, tu vivras encore dans mon livre, comme les rois du temps passé dont monseigneur Grégoire de Tours a conservé le souvenir.... N'est-ce rien que cela, Evrault ?

— Si votre seigneurie y attache autant d'importance... mais chacun voit par ses yeux. Si on me

(1) Il ne reste plus qu'un fragment de cette histoire, qui a été traduit par l'abbé de Marolles et publié dans son histoire du comté d'Anjou.

laissait le choix, sang du diable! j'aimerais mieux prolonger ma vie de dix ans et mourir après tout de bon, que de savoir qu'on boira à ma santé quand je ne serai plus à table.

— Brute à deux pieds, maussade bête! murmura Foulques-Réchin en fermant, avec dépit, son gros livre dont il tournait complaisamment les feuillets : si ses brigandages audacieux, sa bravoure sauvage et ses crimes, n'étaient pas nécessaires à l'intérêt de mon histoire, il n'aurait pas l'honneur que je veux bien lui accorder, et nos descendans ignoreraient qu'il eût existé en Anjou un coquin du nom d'Évrault... Mais j'ajouterai à son portrait quelques épithètes flétrissantes, ce sera son châtiment.

Cette réflexion consolant son amour propre piqué, il reprit sur un ton souriant :

— Compère, par quels nouveaux exploits as-tu gagné cet argent? Je parie que tu as encore quelque bon récit à me faire.

— Si votre seigneurie a du temps inutile à perdre...

— Évrault, interrompit le comte en pâlissant, on parle dans le corridor.

17

—Eh bien! monseigneur? dit l'autre étonné de son émotion.

— C'est la voix de mon fils, compère... Comment cacher cet argent!...·

Au même instant, la porte s'ouvrit, et Geoffroy-Martel entra. Il portait les mêmes vêtemens que la veille, auxquels il avait ajouté sa forte épée et un poignard. En apercevant Évrault, familièrement assis auprès de Foulques-Réchin, sa figure exprima la colère et l'indignation. Il s'avançait pour lui parler, quand le tas d'or, frappant ses yeux, il rougit et regarda son père avec un amer reproche.

— Par saint Aubin! quel heureux hasard vous amène, mon noble fils? dit le comte, prenant le premier la parole pour sortir de l'embarras que ce coup d'œil lui causa; mais comment êtes vous vêtu? qui reconnaîtrait en vous l'héritier de mon domaine? D'où venez-vous, qu'on n'entend plus parler de vous? Le Saint-Père est dans notre ville, ne l'avez-vous pas appris? Votre sœur Ermangarde et son noble époux de Bretagne sont venus me visiter; la meilleure noblesse du pays est rassemblée à Angers. Votre absence a causé une vive

inquiétude à nos hôtes ; sa Dignité a bien voulu
s'informer de vos nouvelles... Enfin, vous voilà
de retour, et assez à temps, par bonheur, pour
prendre part à nos fêtes.

—Monseigneur, répartit Geoffroy d'un ton de
froide gravité, je ne viens pas pour assister aux
fêtes que vous préparez, j'ai des devoirs à remplir qui passent avant mes plaisirs. J'arrivais dans
l'intention de vous demander un acte éclatant de
justice contre un scélérat, l'opprobre et l'effroi
de l'Anjou ; mais il m'a devancé, et les moyens
qu'il a fait valoir devant vous pour justifier sa conduite lui donneraient, sans doute, gain de cause ;
Je renonce donc à l'accuser.

Le comte voulut parler ; Geoffroy, sans l'écouter, se tourna vers Évrault.

—Mais n'espère pas, néanmoins, conserver
l'impunité. J'ai juré sur la vraie croix de notre
divin Sauveur et la châsse de saint Brieuc, de t'in-
fliger le châtiment de tes crimes. Sois sûr que tu
le recevras.

Évrault, peu accoutumé à s'entendre menacer,
cédant à son premier mouvement, allait répondre
énergiquement à Geoffroy, mais Foulques-Ré-

chin, qui connaissait sa violence et l'humeur guerrière de son fils, craignant une collision dont il envisageait avec effroi les conséquences, trouva assez d'énergie pour intimer à Évrault l'ordre de sortir sur-le-champ. Celui-ci, obéissant à la voix de son souverain, se dirigea vers la porte, en tournant sur Geoffroy son regard enflammé, comme un mâtin qui se retire pour éviter le combat, sans cesser néanmoins de menacer son ennemi.

— Sang du diable ! dit-il, vous avez trop beau jeu ici, je dois vous céder la partie ; si vous tenez votre serment, je saurai prendre ma revanche.

— Je te l'offre dès aujourd'hui ; veux-tu combattre en champ clos.

Évrault s'arrêta ; mais le comte lui ayant fait signe, il obéit sans mot dire, et Geoffroy de son côté, cédant aux prières de son père, ne répéta pas son défi.

— Par saint Aubin ! dit le comte, qui pendant la dispute avait posé son manuscrit et son bonnet sur l'argent, et se trouvait plus à l'aise depuis que ce cruel témoin ne déposait plus visiblement contre lui : par saint Aubin, mon cher fils, est-il juste

et raisonnable de traiter ce pauvre Évrault comme
vous venez de le faire.

— Monseigneur, interrompit Geoffroy, je me
plais à croire que ses brigandages vous sont in-
connus ; cependant combien de plaintes vous ont
été faites sur lui... Le peuple, à qui rien n'é-
chappe, prétend que vous avez intérêt à défendre
ce scélérat. Quand le bien de vos sujets n'exigerait
pas instamment que je sévisse contre lui, cette
outrageante supposition en ferait une nécessité.
Je convoquerai au plus tôt mes amis et mes alliés
pour venger en même temps votre honneur et le
droit des gens, j'ose compter sur votre appui...

— Certes, mon fils, répondit Foulques-Réchin
que sa mauvaise conscience humiliait devant son
fils, dont il respectait la vertu, s'il m'est démontré
clairement, prouvé jusqu'à l'évidence qu'Évrault
a mérité un châtiment exemplaire, certes, mon
fils, vous pouvez croire... — Mais, Geoffroy, n'a-
vez-vous pas dans ce moment de plus pressantes
occupations ; j'ai promis au Saint-Père de mettre
en liberté votre oncle Geoffroy-le-Barbu, que
l'intérêt général m'avait contraint de renfermer,
pour éviter une cruelle effusion de sang. Sa rai-

son, qui n'a jamais été bien forte, est, dit-on, très altérée. — J'en gémis au fond de mon cœur; — et comme il ne pourra pas s'occuper de ses domaines, c'est vous qui en serez chargé. Vous avez des mesures à prendre, commandées par ces événemens.

— Mon premier acte de pouvoir sera de mettre un terme aux brigandages d'Évrault; je ne saurais débuter par un acte plus utile et plus propre à me concilier l'affection de mes sujets.

Le comte fit sa petite toux.

— Geoffroy, je n'ai pas l'intention de contrarier vos projets; cependant votre âge a besoin des conseils de l'expérience; il faut se garder d'agir avec précipitation. On a pu vous irriter injustement contre Évrault..... Qui n'a pas ses détracteurs?

— Monseigneur, répartit le jeune homme, jugez vous-même si j'ai tort d'être indigné contre lui, et si vous avez lieu de prendre encore son parti. Ce misérable a dressé une embuscade au Saint-Père.

Le comte fit un signe d'étonnement.

— Attiré par le bruit d'un combat, je suis arrivé

assez à temps pour sauver Sa Dignité. J'ai pour-
suivi les brigands, j'ai appris d'eux qu'ils appartenaient à Évrault ; je me suis rendu à sa tour
pour lui reprocher sa conduite et le sommer de
venir s'en expliquer devant vous. Savez-vous qui
j'ai trouvé à sa table ? Une femme qui vous a indi-
gnement outragé, la concubine du roi de France !

— Bertrade ! murmura le comte en se renversant sur son siége.

— Elle-même.

— Bertrade à la table d'Évrault! Bertrade dans
mon comté ! s'écria Foulques-Réchin dont le saisissement se changeait graduellement en une colère concentrée ; et que vient-elle faire ici, cette
misérable adultère ? N'est-ce pas assez de l'op-
probe dant elle m'a couvert, des chagrins qu'elle
m'a causés ! Veut-elle imprimer encore de nouvelles souillures à mon nom ! me braver sur le
lieu même de son crime !

— J'ignore quels sont ses projets, mais elle est
maintenant à Angers.

— Ah ! fit-il avec un cri sourd ; et chez Évrault,
j'imagine.

— Elle est à l'évêché.

— Elle n'y restera pas longtemps.

Le comte se leva et parcourut la chambre en long et en large. Ses lèvres étaient pâles et serrées, ses yeux ardens, ses pas fiévreux et chancelans. Toute sa personne dénotait une irritation extrême. Il marcha ainsi quelque temps ; et, revenant vers Geoffroy :

— Mon fils, je désire être seul, j'ai besoin de réfléchir.

— Permettez-moi de m'informer du parti que vous allez prendre.

— Demain à pareille heure vous le connaîtrez.

— Je devine vos craintes, Geoffroy, vous redoutez ma faiblesse, soyez tranquille, tout se passera d'une manière satisfaisante pour vous autant que pour moi. — Mon fils, croyez-en votre père, ajouta-t-il, en lui serrant le bras d'une manière énergique.

— Sûrement, vous n'avez pas dessein de vous porter contre elle... Mon père, songez qu'elle est femme, qu'elle a été votre épouse...

— Mon fils, répliqua sèchement Foulques-Réchin, n'exigez pas de votre père ce qu'il ne réclame pas de vous. Je vous laisse toute liberté, accordez-moi pareille faveur... Adieu, vous saurez demain ce que j'aurai décidé.

En achevant, il ouvrit la porte, et Geoffroy ne voulant pas insister de peur de l'aigrir davantage, se retira aussitôt.

X.

Une heure après la sortie de Geoffroy-Martel,
le comte d'Anjou parcourait encore la chambre,
dans une irritation plus forte qu'au premier instant. La présence de Bertrade à Angers, en ré-
veillant la mémoire de l'affront qu'elle lui avait
fait par un abandon méprisant, lorsqu'il comptait
sur son amour, lui rappelait en même temps le
désespoir violent qu'il avait ressenti de la perte de

cette femme, objet de toutes ses affections; et
enfin, le souvenir du bonheur qu'il avait goûté
avec elle dans une union de trois ans, en offrant
à son esprit l'image séduisante de celui dont il eût
dû jouir pendant les longues années de douleur,
de solitude et de honte lentement écoulées depuis
le renversement de ses plus chères espérances;
ce retour vers des plaisirs perdus que rien ne lui
pouvait rendre, pas même celle qui les lui faisait
regretter, contribuait à aigrir sa colère et lui inspirait une soif de vengeance barbare qui fit expier
à Bertrade les peines qu'elle lui avait causées.

Peut-être se mêlait-il dans la cruauté voluptueuse qu'il trouvait à l'idée d'assister à son châtiment, un désir caché de la voir, qui ne pouvait,
au point d'irritation où son esprit était monté, se
formuler autrement. Car dans certaines âmes,
lorsque les torts de l'objet qu'elles ont aimé, ont
changé l'amour en une haine toujours propor-
tionnée au sentiment antérieur, la pensée d'une
séparation éternelle est la pire de toutes les douleurs, et ne trouvant pas la force de s'y arrêter,
ne pouvant pas de même retourner sur le passé et
continuer ce qui n'est plus, elles justifient à leur

colère le désir de voir l'objet qui l'inspire en se servant du prétexte de leur vengeance. Lorsqu'il en est ainsi, on peut sûrement affirmer qu'il reste, dans le cœur aigri, un germe d'amour que la haine a respecté ; car, autrement, on s'étudierait à effacer tout souvenir, et si le cœur indifférent était fait de telle sorte qu'il eût besoin encore de venger son amour propre, cette vengeance à coup sûr ne s'exercerait pas en présence d'un être dont la vue ne causerait plus que dégoût et aversion.

Toutefois, nous ne pourrions définir précisément ce qui se passait alors dans l'âme de Foulques-Réchin ; peut-être eût-il été fort embarrassé lui-même de démêler ses sensations, aussi ne l'essayait-il pas. Sous l'empire des passions confuses que la présence de Bertrade avait soulevées, il s'y livrait sans réflexion, cédant comme un animal à l'instinct de sa colère.

Après avoir longtemps parcouru sa chambre dans une agitation fiévreuse, il tomba enfin de lassitude sur son siége.

— Ah misérable ! dit-il, en élevant ses poings serrés avec un geste menaçant ; tu viens jusqu'ici me braver... étaler ta honte et la mienne... et je

le souffrirais, moi Foulques d'Anjou ! non, par le
ciel qui m'entend ! — Ah tu m'as abandonné ! moi
qui consacrais ma vie à rendre la tienne heureuse !
qui t'entourais de tant de respect et d'amour.....
L'épouse parjure m'a quitté pour voler dans les
bras de Philippe... ils m'ont abreuvé de dérision
et de raillerie, ils m'ont rendu plus vil que le dernier de mes serfs... ils ont insulté à ma douleur
par leurs amours. — Eh bien Philippe, tu connaîtras à ton tour la rage et les pleurs..... je la
tiens ! tu chercheras vainement dans ta couche solitaire la femme que tu m'as enlevée... elle n'y re-
tournera plus... L'insensée est accourue au devant
de son châtiment ! — Sans doute elle arrivait ici
dans le dessein de séduire le pape et les prélats
pour se faire absoudre au concile, et cela sans
penser à moi, sans se soucier de ma colère... il
manquait ce nouveau mépris. — Ma mie Bertrade
vous rentrerez cette nuit dans la chambre nup-
tiale d'où vous êtes sortie ; mais au lieu d'un époux
soumis et empressé, vous n'y trouverez qu'un
maître offensé et des bourreaux impitoyables.
— Ah ! maintenant il faut l'avoir. — Il siffla un
écuyer.

— Dites au sénéchal de se rendre immédiatement à l'évêché; d'inviter monseigneur à venir me trouver; j'ai à l'entretenir d'affaires pressées qui ne souffrent aucun retard.

L'écuyer se retira. Foulques ramassa négligemment l'argent d'Évrault dans les sacs et les laissa sur la table. Il se versa une coupe de vin qu'il avala comme une médecine, et mit ensuite les coupes et la cruche dans un coin. Il ouvrit son manuscrit, le feuilleta avec distraction et le referma aussitôt. Il se leva impatiemment, fit plusieurs fois le tour de la chambre, s'assit et marcha à divers reprises, et se plaça enfin à la croisée, promenant un regard vague sur la vaste perspective qui s'étendait devant lui. Il y resta près d'une heure, sans avoir conscience du temps. Un vent du nord assez vif avait rafraîchi son sang et calmé son agitation; mais sa colère n'en était pas moins terrible. Il la dominait maintenant, au lieu d'être conduit par elle.

Le bruit de la porte qu'on ouvrait le tira du recueillement qui avait succédé à ses furieux transports, et s'étant détourné il aperçut le sénéchal précédant l'évêque d'Angers. Un coup d'œil invita

le premier à sortir; l'évêque, dont la figure annonçait quelque embarras mêlé d'une secrète inquiétude, s'avança vers le comte qui l'accueillit
avec une tranquillité dénotant sa profonde dissimulation. L'ayant fait asseoir devant lui, il débuta
par lui parler de la consécration de l'église de
Saint-Nicolas qui avait eue lieu la veille, et le féli-
cita sur la magnificence de cette cérémonie. Il fit
ensuite l'éloge de son zèle pour la prospérité de
l'église, le loua en termes nuancés d'une fine ironie sur sa piété exemplaire, sa conduite irréprochable, compliment que l'évêque ne reçut pas
sans rougir, et lui fit entendre qu'il avait parlé en
sa faveur au Saint-Père et qu'il ne doutait pas que
celui-ci, rendant justice à son mérite, ne l'élevât
bientôt à une plus haute dignité.

— Par bonheur, continua-t-il, avec un sourire
équivoque, le pape ne sait pas tout; car s'il lui
prenait fantaisie de visiter scrupuleusement votre
palais épiscopal, pour s'assurer si tout est con-
forme aux réglemens canoniques, il pourrait bien
y trouver quelque grave motif de censure... qu'en
pensez-vous, monseigneur?

L'évêque, interdit, ne sut que répondre. En re-

cevant l'invitation de se rendre chez le comte,
il pensait avoir à s'expliquer sur la faute qu'il
avait commise en donnant asile à Bertrade, faute
que sa position l'avait contraint, bien à regret,
de commettre, parce que la présentation à l'évêché d'Angers appartenant au roi de France, qui
l'avait pourvu de ce siége, il s'était cru obligé de
se déclarer pour lui dans sa lutte avec le clergé.
Connaissant le caractère de Foulques–Réchin, qui
avait eu l'audace de chasser plusieurs fois de son
diocèse l'archevêque de Tours et de saisir son
temporel, le prélat s'était préparé à soutenir de
son mieux un orage qu'il ne voyait pas sans effroi.
Mais le langage du comte dissipa ses appréhensions ; il pensa qu'il ignorait la présence de Bertrade, et qu'il voulait seulement, par suite de son
humeur quinteuse, faire allusion à quelques in-
cartades dont il n'était pas exempt, car Geoffroy
de Mayenne, comme beaucoup de prêtres de cette
époque, n'avait pas entièrement renoncé aux plaisirs de la table ni au commerce des femmes. C'é-
tait un homme que sa naissance, plus que sa vo-
cation ou sa capacité, avait élevé au trône épiscopal. Moitié prélat, moitié baron, il s'acquittait de

18

ses devoirs, sans négliger ses amusemens. Du reste, aumônieux, paisible, conciliant, s'il n'ajoutait pas au lustre de l'Église, il ne lui faisait pas d'ennemis.

— Par saint Aubin ! reprit Foulques avec une voix de fausset, remettez-vous, Monseigneur, votre trouble ferait croire que la contravention est plus forte qu'on ne le penserait.

— Votre seigneurie sait bien.....

— Pardon, pardon, les gens d'Église sont discrets ; ils cachent souvent bien des choses dans les larges plis de leurs robes...., et sous l'abri du sanctuaire, où nul œil profane ne pénètre.

— Le bon saint Maurille m'est témoin !...

— Ne jurez pas, Monseigneur, Jésus-Christ l'a défendu.

— Dans l'âge des passions, j'ai pu commettre des erreurs, reprit l'évêque, à qui les plaisanteries du comte rendirent sa liberté d'esprit ; mais j'en ai fait pénitence.....

— A table avec vos amis, interrompit Foulques-Réchin ; au surplus, je ne vous blâme pas. La vie est courte, il faut la bien employer.

— Votre seigneurie a raison, répondit gravement l'évêque ; nous devons employer les courts instans que Dieu nous accorde sur la terre...

— Aussi gaiement que possible, n'est-ce pas là votre pensée ?

—Seigneur comte, dit l'évêque, dont la patience était à bout, sans doute, vous ne m'avez pas fait appeler pour me tenir un langage...

— Seigneur évêque, interrompit Foulques avec un rire sardonique, l'*Ecclésiaste* dit que toute chose est bonne en son temps; mais vous ne l'avez pas lu. Gardez les sermons pour la chaire, les scrupules pour la confession ; nous sommes ici tête à tête. Deux vieux pécheurs de notre espèce doivent se parler à cœur ouvert.

— Je ne pourrais, sans manquer à ma conscience, vous écouter plus longtemps, dit l'évêque d'un ton indigné ; si votre seigneurie n'a rien autre chose à me dire, elle me permettra de sortir.

—Comment ! sans même essayer d'opérer ma conversion ?

— C'est un miracle que le ciel ne fera pas pour son serviteur indigne, dit l'évêque en se levant; il faudrait l'éloquence d'un saint, et je ne suis qu'un pécheur.

— Voici la plus grande vérité que vous ayez dite encore, s'écria le comte en riant ; toute la différence entre nous, c'est que l'un cache ses péchés, et que l'autre les avoue. Lequel vaut mieux, Monseigneur ?

L'évêque fit un pas vers la porte ; Foulques se plaça devant lui.

— Et par exemple, on me reproche d'aimer les femmes. Si j'ai bonne mémoire, je crois même me rappeler avoir subi pour ce fait les censures ecclésiastiques ; mais vous, Seigneur évêque, qui avez dû renoncer à tous les plaisirs des sens, vous n'êtes pas, à cet égard, tout à fait irréprochable ; car, à l'heure où je vous parle, si l'un de mes officiers visitait votre sainte demeure....

L'évêque pâlit et se troubla. Le comte lui appuya doucement la main sur l'épaule, et le força à se rasseoir.

— Si un de mes officiers visitait votre sainte demeure, reprit Foulques, en montant la voix, il y trouverait une femme jeune et belle..., et de plus excommuniée ! A quelle fin, Monseigneur, recevez-vous sous votre toit une créature de cette espèce ? il paraît que l'anathème, qu'on nous peint si rédoutable , ressemble aux moulinets des champs qui n'éloignent que les poltrons. Car, au concile de Clermont, le Saint-Père déclara excommuniés tous ceux qui serviraient Bertrade ; or, Monseigneur, vous êtes doublement dans ce cas... si sa Dignité le savait !...

L'évêque n'osa pas nier un fait dont il craignait que Foulques-Réchin n'eût des preuves plus positives que celles qu'il possédait en réalité. Maudissant intérieurement la faute qu'il avait commise en cédant aux prières de Bertrade et de Philippe, il redoutait tout de Foulques, qui pouvait avec justice le traiter en ennemi, et lui imposer les expiations les plus dures, sans qu'il eût même la ressource d'en appeler au Saint-Père, puisque celui-ci, poursuivant Bertrade avec la dernière rigueur, ne verrait pas sans une extrême indignation qu'un prélat eût contrarié ses desseins et méprisé une sentence sur laquelle le clergé, sauf de très rares exceptions, avait été unanime.

— Seigneur évêque, reprit le comte, quelles graves raisons ont pu vous déterminer à commettre un tel délit ? Recevoir une excommuniée ! l'ennemie de votre souverain ; une femme impu-

dique et parjure ! — Savez-vous que j'aurais le
droit de vous expuls erd'Angers, de saisir votre
temporel et d'en jouir pendant la vacance du
siége ? — Qui me dénierait une si juste réparation ?
— Le Saint-Père, en admettant que je voulusse
le consulter, m'autoriserait à vous punir.

— Monseigneur, répondit l'évêque , j'avoue
qu'en donnant asile à cette malheureuse péche-
resse, j'ai mérité les censures du Saint-Père et
votre courroux ; car faisant taire la pitié qu'elle
m'inspirait, j'aurais dû me rappeler qu'elle était
frappée d'anathème, et coupable d'une grande offense contre mon seigneur temporel ; mais Dieu
m'est témoin que mes intentions étaient pures.

— Je veux le croire, dit Foulques en l'interrompant ; il me serait trop pénible de trouver un
traître et un ennemi dans l'évêque de ma ville
d'Angers ; aussi, vous empresserez-vous, pour
votre justification, d'acquiescer à mes demandes.

— Si je peux le faire sans compromettre ma
conscience, répondit l'évêque, qui trembla à cette
ouverture.

— Monseigneur, dit sèchement le comte, cette
réserve est une injure. Vous m'avez donné d'as-

sez vifs sujets de plainte, sans y en ajouter d'autres. Mon caractère doit vous être un sûr garant
que je ne puis rien demander qui soit injuste ou
déloyal.

— Aussi, répondit humblement l'évêque, je
n'entendais parler que de questions spirituelles.

— C'est bien. — Monseigneur, j'entre dans un
âge où certaines manières de voir se modifient
singulièrement ; je ne considère plus maintenant
la fuite de Bertrade sous le même jour qu'autrefois ; mes passions se sont amorties ; le temps a
calmé ma colère. — En disant ces mots, ses doigts
crispés froissaient sa robe. — Je conçois et j'ex-
cuse jusqu'à un certain point, la faute que cette
malheureuse a expiée assez durement ; je voudrais la voir, lui parler... Monseigneur, vous pouvez m'en faciliter les moyens.

— Votre seigneurie est, certes, libre de le
faire, répondit l'évêque, étonné que les exigences
du comte se bornassent à si peu de chose ; aussitôt mon retour, je préviendrai madame Bertrade.

— Par saint Aubin ! messire l'évêque, interrompit Foulques, croyez-vous que je sois assez peu
soucieux de ma dignité, pour aller rendre visite

publiquement à une femme qui m'a outragé... Au diable ! je deviendrais la risée du dernier de mes manans.

— Alors, cette nuit, quand mes varlets seront couchés...

— Oui, cette nuit, précisément ; mais il ne convient pas que l'offensé aille au devant de l'offenseur ; je désire que cette entrevue ait lieu ici, dans mon château.

L'évêque leva sur Foulques un regard timide, et crut démêler une pensée sinistre dans ses traits.

— Je ne sais si madame Bertrade voudra consentir.

— Je me charge de l'y décider.

— Alors je ne vois nul inconvénient.

— Mais il n'y en a aucun. En deux mots, voilà simplement ce que je réclame de vous : ce soir, à neuf heures, vous écarterez vos varlets ; vous ferez garder la porte de votre palais par un homme de confiance ; il conduira mes gens à l'appartement de Bertrade ; et, lorsqu'ils l'auront emmenée, vous oublierez qu'elle aura logé chez vous... et tout sera terminé.

L'évêque commença à démêler en tremblant les intentions du Réchin ; cependant ayant eu le malheur de se mettre à sa discrétion, il ne pouvait pas lui montrer ses soupçons, ni agir comme il l'eût fait en toute autre circonstance ; il dit avec embarras :

— Monseigneur, vous me permettrez de prévenir madame Bertrade ?

— Non, je ne veux pas qu'on lui en parle d'avance. Ne comprenez-vous pas que j'exige un mystère entier.

— Cependant, si ce soir elle ne voulait pas consentir ?

— C'est mon affaire ; accordez-moi simplement ce que je vous ai demandé.

— Monseigneur, je lui ai donné asile, je ne pourrais consentir qu'elle fût enlevée de force.

— Par saint Aubin ! messire l'évêque ! s'écria le comte en se levant avec violence.

— Je préfère essuyer votre colère plutôt que trahir mes devoirs envers une malheureuse femme qui s'est confiée à mon honneur.

Le comte grinça des dents et parcourut la cham-

bre d'un œil égaré, comme s'il y cherchait une
arme ; puis, s'appaisant tout à coup, il s'approcha
de l'évêque, qui était plus mort que vif :

— Monseigneur, vous êtes un honnête homme ;
dit–il, j'honore vos scrupules, quelque injurieux
qu'ils soient pour moi. Cette conduite généreuse
vous a mérité mon estime, et je l'accorde rarement. — On m'a dit, continua-t-il d'un ton d'intérêt affectueux, que vous aviez le désir d'acquérir
la terre de Chalonnes.

— Il est vrai, répondit l'évêque, indécis entre
la crainte et l'étonnement ; mais son grand prix
ne me permet pas d'y penser sérieusement.

— Elle vous appartient, monseigneur, à la
charge de fonder dans chaque paroisse de ce fief
une messe perpétuelle pour moi et mes descendans. Je veux prouver par cette donation, l'intérêt
que je prends à la prospérité de l'église d'Angers,
et le cas particulier que je fais de son vertueux
chef.

L'évêque, stupéfait de cette libéralité , et
croyant à peine ce qu'il avait entendu, chercha
des termes assez vifs pour exprimer sa gratitude ;
mais la joie qu'il éprouvait de se voir possesseur,

sans bourse délier, de ce magnifique domaine, objet de sa convoitise, lui permit à peine de balbutier une phrase tronquée, dont les mots de reconnaissance et de dévouement firent les frais.

— Maintenant, Monseigneur, dit Foulques-Réchin avec un sourire qui dévoilait son âme, j'espère qu'il ne vous reste plus le moindre doute sur mes intentions bienveillantes envers cette pauvre Bertrade.

— La parole de votre Seigneurie m'en est garant.

— Ce soir, à neuf heures, mon sénéchal sera chez vous... surtout ne parlez à personne...

— Votre Seigneurie peut compter sur ma discrétion.

— Elle est assez bien payée, grogna sourdement le comte, en conduisant l'évêque à l'entrée du corridor.

— La terre de Chalonnes, mille diables! s'écria-t-il en rentrant; la plus belle fleur de mon comté, un revenu de trois cents livres! mais il fallait en finir; sans cette donation, je n'aurais rien obtenu. L'entêtement de ces tonsurés égale au

moins leur avarice ; il faut combattre l'un par l'autre, autrement on en viendrait jamais à bout...
par bonheur, le compère Évrault est là pour me
dédommager ; je lui ferai payer cher ses relations
avec Bertrade ; double traître, il mérite d'être
puni !

—Quant à cette terre... l'acte n'est pas fait encore, et il peut renfermer des clauses... nous verrons cela plus tard. — Il changea subitement de
ton. —Ah ! cette nuit elle sera ici... et je pourrai
lui faire expier..... Non, ce n'est pas trop acheter
le plaisir que je me promets. Par ma foi ! si tout ce
qu'on dit est vrai, Dieu qui a la satisfaction de
voir griller éternellement les pécheurs qui l'ont
offensé, est un gaillard digne d'envie. Pourvu que
ce vieux grippe-sou... non, l'intérêt le tient en
laisse.

Il siffla, un écuyer vint.

—Fais monter maître Le Tors.

L'écuyer s'inclina et sortit pour exécuter cet
ordre. Foulques avala une coupe de vin et se promena dans la chambre, en proie à une agitation
presque égale à celle qu'il éprouvait avant l'arrivée

de l'évêque. Un bruit de pas dans le corridor le
rappela à lui-même ; il rajusta sa robe, enfonça
son bonnet et s'assit devant la table. La porte s'ouvrit et maître Le Tors entra. Ses vêtemens rouges
annonçaient sa profession de bourreau, et la singulière conformation de son corps, qui décrivait
un zig-zag, attestait l'identité de sa personne avec
le nom qu'il portait. Malgré sa difformité il avait
l'apparence d'une grande force. Sa tête en arrière,
sa poitrine en bosse, son ventre rentrant et ses
genoux cagneux étaient établis dans de vigoureu-
ses proportions et soudés énergiquement. Sa figure épaisse, entourée d'une crinière de cheveux
blonds, ne méritait aucune mention. Elle était
plate, longue et sans vie. Un naturaliste moderne
l'eût prise pour un souvenir de quelque race ani-
male perdue dans la transformation. Son bonnet
rouge à la main, il s'avança vers le comte en roulant sur ses jambes torses.

— Maître, dit Foulques-Réchin, tes instrumens
sont en état?

— Tous sont prêts à fonctionner aux ordres de
Monseigneur; ils peuvent être un peu rouillés, car
ils ne servent pas souvent.

— Il faut qu'ils soient fourbis et brillans comme une lame d'épée. Cela fait plus d'impression.

— Oui, c'est plus gai pour le patient. J'aurai peut-être à travailler sur une personne de distinction?

— Jamais aussi noble sang n'aura coulé sur tes mains.

Le bourreau ouvrit de grands yeux et se rapprocha du comte.

— Écoute-moi, reprit ce dernier, tu connais la chambre située au-dessous de celle-ci?

— Celle qui servait à monseigneur, du temps...

— Oui. Tu y feras porter tes appareils de grande torture; tu les dresseras derrière l'estrade où est le lit, en ayant soin de les cacher par les rideaux. Tu m'as bien entendu, Le Tors.

— Votre Seigneurie connaît mon exactitude.

— Tiens, prends cela, dit-il en lui jetant deux pièces d'or, si je suis content de toi, je te récompenserai demain. — Et surtout ne t'enivre pas. — Va-t-en, dis au sénéchal de venir me trouver.

Le bourreau sortit. Un moment après le sénéchal entra.

—Compère Hugues, dit le comte, assieds-toi sur cette chaise, nous allons causer longuement.

Le lecteur nous permettra de passer sur cet entretien, qui sera d'ailleurs suffisamment éclairé par les événemens ultérieurs.

XI.

Tandis que Foulques–Réchin prenait avec son sénéchal les mesures nécessaires pour accomplir sa vengeance , Bertrade et Adélaïs enveloppées dans des mantes , marchaient rapidement sur la prairie qui bordait la Mayenne à l'opposé de la ville. En passant devant le château, Bertrade, qui paraissait rêveuse, leva les yeux sur les hautes tours et s'arrêta un moment à les contempler.

19

—Voilà les croisées de sa chambre de retrait, dit-elle, en montrant à Adélaïs les fenêtres garnies de vitraux; on m'a dit qu'il y passe maintenant toutes ses journées.

— De grâce, madame, éloignons-nous; s'il allait vous reconnaître!

— A cette grande distance et vêtue comme je le suis... tu n'y penses pas, mon enfant. D'ailleurs, il est si loin de me croire ici!

— Il est vrai, ce pays est le dernier où l'on s'attendrait à vous voir... Quel courage il vous faut, mon Dieu !... néanmoins sa seigneurie a tant d'espions, tant de gens intéressés à le servir...

— L'émotion douloureuse que j'ai senti en entrant sur ses domaines, m'a présagé les souffrances qui m'y attendaient... Hélas! si j'avais pû prévoir l'opposition de l'église, si la faiblesse de Philippe m'eût été connue alors... au lieu d'être errante, misérable, humiliée; épouse d'un roi sans avoir les droits de reine, je commanderais encore dans cet Anjou qui me maudit... où la trahison pourrait me livrer à la juste vengeance de celui qui fut mon mari.

— Que n'êtes-vous encore à Paris... oh! madame, à votre place je ne resterais pas un jour de plus dans cette ville.

— Adélaïs, tu oublies que mon existence va être mise en question dans le concile qui doit s'assembler à Tours. Non, si je parviens à détourner de ma tête une nouvelle excommunication, je n'aurai pas trop risqué. — Tu as vu, reprit-elle avec un ton léger, le rude accueil que m'a fait l'abbé de Saint-Nicolas : je compte lui faire demain une nouvelle visite...

— Pouvez-vous y songer, madame, après les choses qu'il vous a dites.

— Raison de plus, mon enfant, ces grandes colères ne tiennent point. Il a jeté tout son feu à notre première entrevue; à la seconde il hésitera, je l'aurai à la troisième.

— Ah ! moi, j'aimerais mieux mourir que de revoir ce vilain homme.

— Mourir, peut-être... mais s'il s'agissait d'un trône ! de ton avenir entier, de tes affections les plus chères?

— J'y renoncerais à l'instant.

— Tu parles comme un enfant. Il fut un âge aussi

où j'aurais pensé de même... Tu serais bonne, Adélaïs, à passer tes jours dans un cloître.

— J'y ai souvent songé, Madame.

— C'est une vie douce, mon enfant, quand on possède la foi et la résignation, mais elles ne se commandent pas.

— Ne peut-on pas les acquérir?

— Oui, quand l'avenir n'offre plus aucune espérance.

Elles marchèrent quelques instans silencieuses en continuant de s'avancer vers le pont qui donnait entrée dans la ville.

— Adélaïs, reprit Bertrade, quel est le plus court chemin pour nous rendre à l'abbaye de Saint-Serge.

— Voulez-vous y aller? demanda la jeune fille avec une sorte d'effroi.

— Mais sans doute. Ne m'a-t-on pas dit que Robert y est logé.

— Bonne sainte Marie, je vous en conjure, madame, n'affrontez pas ce terrible prédicateur.

— As-tu déjà peur? répartit Bertrade en souriant.

— Ce n'est pas pour moi, Madame, mais rappelez-vous en quels termes il a parlé hier à l'église
de Saint-Nicolas, et l'impression pénible que vous
en avez ressentie.

— Ma chère fille, répondit la reine, je n'étais
pas affectée personnellement de son sermon, mais
de l'effet qu'il produisait sur la foule de ses auditeurs. De tous mes ennemis il est le plus redoutable ; je m'inquiète peu d'affronter sa colère en
face, si je parviens ainsi à le rendre plus modéré.

Bertrade cessa de parler et s'entoura de sa
mante. Elles entraient sur le pont des Treilles
qui était le lieu le plus fréquenté de la ville.
Une double rangée de maisons le bordait dans
presque toute sa longueur. Leurs toits saillans
et leurs auvents formaient au-dessus des boutiques une voûte impénétrable au soleil et à la
pluie. C'était dans cette étroite galerie encombrée
de promeneurs et de passans, où se trouvaient
réunis tous les objets d'art, d'agrément et d'utilité
en usage à cette époque, que les nobles dames
angevines venaient faire leurs emplettes avec les
chevaliers.

Bertrade et Adélaïs marchèrent d'abord aussi
rapidement que la foule le leur permettait ; mais
les riches étoffes et les parures de toutes sortes
étalées dans les boutiques attirèrent bientôt l'attention de la reine, qui ne put s'empêcher, malgré
la crainte qu'elle avait d'être reconnue, de s'arrêter fréquemment pour faire part à Adélaïs des réflexions que cette vue lui inspirait. Il était difficile,
en effet, à deux jeunes femmes de passer coura-
geusement entre ces belles choses étalées aux regards comme de perfides amorces pour l'aimable
coquetterie, sans avoir le désir d'en posséder
quelques unes ou se livrer au moins au plaisir de
les convoiter. Ajoutons que les marchands, debout
sur leurs portes, faisaient, à haute voix, l'éloge des
articles, appelaient le chaland, lui barraient parfois le chemin, et quand ils croyaient lire de l'indécision sur ses traits, énuméraient pour le décider tout-à-fait, la qualité, le fini des marchandises
en regard de la modicité des prix.

— Voyez, Mesdames, des damas à fleurs récem-
ment arrivés d'Orient ; faut-il du taffetas de Flo-
rence, du sandal de Saint-Jean-d'Acre ?

— Ici, Mesdames, velours d'Italie et de Gênes,

tels qu'on n'en trouve pas ailleurs. Gazes de Paris, toiles de Bourgogne.

— Brocard frisé à bouillons d'or et d'argent ; brocard de Lyon.

Ces cris, qui tenaient lieu des enseignes encore ignorées, se confondaient avec ceux des autres marchands annonçant : nattes de jonc enluminées du Levant et de Pontoise, laines d'Angleterre, du Berry, du Languedoc et de la Basse-Normandie, broderies passées et appliquées, fins camelins, couvertures de pelleterie, serge de Bonneville, écarlate de Gand, épées de Cologne, heaumes de Poitiers, haches de Danemarck. D'autres voix criaient, avec une égale ardeur, les parfums d'Orient, les cuirs de Bretagne, les vins d'Anjou, — que chacun pouvait goûter en passant, — les étoffes grossières ou enfin les denrées de première nécessité, les friandises et cœtera, que des femmes portaient dans des paniers et annonçaient le plus souvent en bouts rimés.

> Sor et blanc hareng frés poudré
> Hareng nostre vendre voudré

Plus loin :

> Oisons, pijons, et char salée
> Char fresche moult bien coraée.

Ou une laitière s'annonçait :

> Or i a fromage de Brie
> Au beurre frés ! n'oublie mie.

Puis une marchande de friandises :

> Chaudes oublies renforcées,
> Galettes chaudes, eschaudez.

Plus loin, un épicier — qu'on nous passe l'ana-
chronisme — chantait du fond de sa boutique :

> Chandoile, de graisse chandoile,
> Qui plus art cler quel nul estoille.

Puis un garçon sur la porte d'une hôtellerie,
débitait du matin au soir :

> Ci a bon vin frés et novel,
> Ca de Bourgueil, Ca de Blaisons,
> Pain et char et vin et poissons,
> Céans fait bon despendre argent,
> Ostel i a à toute gent,
> Céans fait moult bon hebergier.

Ces cris, qui embrassaient simultanément toutes les intonations que peut prendre la voix humaine, depuis la basse jusqu'au fausset ; les disputes qui s'élevaient fréquemment entre les acheteurs et vendeurs, les conversations, les quolibets des écoliers, ennemis nés des apprentifs, formaient, dans ce passage étroit et écrasé, un tohu-bohu inimaginable, un casse-tête étourdissant. Cependant Bertrade n'en paraissait nullement gênée ; et, loin de songer à sortir promptement de cette foule, comme Adelaïs l'y invita plusieurs fois, elle semblait, au contraire, respirer plus à l'aise dans le bruit et la confusion qui se passaient autour d'elle, et différait le plus possible de s'éloigner du pont des Treilles. Sans les avis de la jeune fille, elle eût même cédé aux instances des marchands, qui, la voyant tout regarder avec une sorte d'envie, la pressaient d'entrer dans leurs boutiques, et, pour l'y déterminer, joignaient les gestes aux paroles en la retenant par sa mante.

Un moment, elle se trouva circonvenue par quatre apprentifs, qui, agissant sous les yeux de leurs patrons respectifs, et chacun dans le désir

de l'emporter sur son voisin, la tiraillaient en
tous sens en lui cornant leurs litanies aux oreilles,
et, s'enflammant peu à peu d'une jalouse émula-
tion, chacun enflait sa voix et tirait de son côté
de telle sorte, qu'à défaut de la reine, attirée en
même temps par quatre forces égales, et consé-
quemment immobile, ils eussent emporté triom-
phalement dans leurs boutiques un morceau de
son vêtement, si un passant courtois n'eût pas fort
à propos réprimé leur insolence, en leur chatouil-
lant les épaules de sa houssine.

Bertrade, sur qui cette scène avait attiré l'attention, cédant aux prières d'Adelaïs, qui la conju-
rait de s'éloigner au plus vite, voulut auparavant
remercier son libérateur ; mais, en levant les yeux
sur lui, elle reconnut Geoffroy-Martel. Elle tressaillit, et, se cachant la figure sans savoir s'il l'a-
vait vue, elle s'échappa rapidement. Rendues au
bout du pont, elles prirent, au hasard, la première
rue qui se présenta devant elles. Bertrade regarda
en arrière, et, n'apercevant pas le chevalier, elle
ralentit sa marche pour reprendre haleine. Mais,
des pas lourds retentissant dans la rue non loin
d'elle, la reine se détourna et vit accourir un

homme qu'elle avait remarqué à l'extrémité du passage. L'effroi la saisit, et, sans se demander si cet homme la suivait, sans songer qu'elle se rendrait suspecte aux yeux même d'un indifférent, n'écoutant qu'un premier mouvement, elle se mit à courir, suivie d'Adelaïs, qui n'y comprenait rien, et se jeta dans une ruelle qu'elle trouva sur son chemin ; mais rendue à l'extrémité, elle ne trouva pas d'issue : c'était un cul-de-sac clos par une haute muraille. Bertrade, stupéfaite, voulut retourner sur ses pas. Celui qui la suivait était déjà dans l'impasse, il n'y avait donc plus aucun moyen d'échapper. Bertrade, prenant son parti, et, moins effrayée, maintenant qu'elle ne courait plus, se résigna à l'attendre.

L'extérieur de cet homme n'avait rien de bien effrayant. Il était court et replet, sans armes, et vêtu d'un costume semi clerc et semi laïc. Sa figure bouffie était inondée de sueur et rouge comme l'écarlate. Il paraissait tout essoufflé, et se traînait lourdement sur ses petites jambes, comme si chaque pas qu'il faisait devait être son dernier.

— Bon Jésus ! sainte Marie mère, dit-il d'une

voix étouffée, ah ! il était temps... pour le royaume
du ciel , je n'eusse pas été plus loin... Vous cour-
rez comme un lièvre, Madame , comme un lièvre
de deux ans... je n'espérais plus vous rejoindre.

— Que me voulez-vous ? demanda Bertrade.
Mais, mon ami, n'êtes-vous pas au service de
Monseigneur ?

— Holà oui , Madame , c'est par son ordre que
je cours. Dieu le bénisse ! Quelle corvée ! j'en ferai une courbature ; je sens déjà le frisson.

— Vous oubliez de me dire pourquoi Monseigneur vous a envoyé vers moi.

— Votre Grâce voudra bien me pardonner, eu
égard à mon état. Je suis en nage , dans l'eau
comme un vrai brochet. C'est sûr et certain, j'en
ferai une maladie. Bon saint Aubin ! la fièvre me
gagne déjà.... si j'avais un coup de vin !...

— Expliquez-vous enfin, ou je vais me rendre
à l'évêché pour apprendre de la bouche de Monseigneur l'objet de votre commission.

— Gardez-vous en bien, Madame ! Par la châsse
de saint Brieux qui est déposée, par une insigne
faveur du ciel, dans l'abbaye de Saint-Serge, ne
faites pas un pareil malheur ! Ouf ! ouf ! voilà que

je sens des picotemens aux orteils ; ma grande maladie me revient... Le mire va me mettre à la diète ! Bonté divine, autant mourir sur le coup !

— Eh bien ! dit Bertrade d'un ton de vive impatience.

— Pardon, Madame, je viens au fait. Je suis payé pour m'en souvenir. Je n'oublierai pas un pareil jour de longtemps, si j'y survis, bien entendu ! — Monseigneur a été mandé ce matin par le comte Foulques, Madame ; il n'est revenu qu'à midi, et dans un état d'émotion tout à fait extraordinaire. Il s'est enfermé dans son oratoire, où il n'entre, Dieu m'en est témoin ! que pour de grandes occasions ; il en est sorti bientôt, et vous a cherchée partout. Enfin, apprenant que vous étiez allée vers l'abbaye de Saint-Nicolas, il m'a ordonné de vous attendre sur le pont pour vous arrêter au passage. Mais vous couriez si fort, Madame, vous n'avez pas vu mes signes. Bonne sainte Vierge ! j'aurais pu éviter pourtant cette course de loup-garou ! Vraiment, ce n'est plus de mon âge.

— Voyons, qu'avez-vous à me dire, s'écria Bertrade, que ce début inquiétait.

— Monseigneur m'a donc chargé, Madame, de

vous prévenir que le comte est informé de votre
présence à Angers ; qu'il veut à toute force vous
avoir, et doit envoyer des gens à l'évêché pour
vous prendre, si vous avez l'imprudence d'y ren-
trer. Monseigneur pense que le comte est très en
colère, et vous conseille de fuir au plus vite pour
ne pas tomber dans ses mains. Il espère que vous
serez assez généreuse pour cacher en tous cas
l'avis qu'il vous donne aujourd'hui.

— Et Monseigneur m'abandonne donc ! dit Bertrade frappée de consternation ; il me laisse seule,
sans amis, sans secours, que veut-il que je de-
vienne ?

— Monseigneur ne vous abandonne pas, Madame, puisqu'il vous donne à ses risques et périls
le conseil de fuir... C'est beaucoup, beaucoup
trop pour son repos... une grande magnanimité !
— J'ai rempli ma commission, tous les saints du
paradis vous aident dans votre fuite, Madame. —
Elle ne me remercie pas ; allez donc vous casser
les jambes, gagner une bonne maladie, tout cela
pour ses beaux yeux. — Allons, poursuivit-il en
s'en allant d'un pas lourd, sans s'inquiéter davantage de ce que deviendrait Bertrade, nous sommes

enfin débarrassés de cette femme excommuniée qui nous présageait malheur. Actuellement on peut visiter le palais. Quand nous aurons lavé sa chambre, gratté les meubles, et purifié la vaisselle à grand renfort d'eau bénite, on nous trouvera blancs comme neige, purs comme la sainte eucharistie, innocens comme l'agneau sans tache. Dieu m'assiste ! les picotemens de mon orteil vont toujours en augmentant ; je vais boire un flacon ou deux, de peur que le mire maudit ne s'avise de me mettre à l'eau. Ce sera autant de pris...

Bertrade en le voyant partir, comprit que l'évêque voulait avant tout se débarrasser d'elle, et qu'elle n'avait plus aucun secours à en attendre. Elle se trouvait donc abandonnée à elle-même, sans amis, sans protecteurs, sans gîte, dans une ville où commandait souverainement l'époux qu'elle avait si gravement offensé, et qui pouvait encore faire valoir sur elle des droits qu'il n'avait pas entièrement perdus, puisque l'église refusait de sanctionner son mariage avec Philippe. Elle déplora la démarche fatale que la gravité des circonstances l'avait contrainte d'entreprendre, la position terrible qui en était la suite, et dont elle sentait d'autant mieux la nécessité de sortir, qu'elle ne pouvait pas envisager sans frémir les malheurs de tous genres qui menaçaient de l'accabler.

L'angoisse peinte sur sa figure annonçait l'état de son âme. Elle était pâle, tremblante, agitée, et s'appuyait machinalement sur l'épaule d'Adélaïs, qui, la voyant chanceler, s'était avancée pour la soutenir. Divers moyens se présentaient à son esprit, sans qu'elle pût raisonnablement s'arrêter à aucun. Elle pensa d'abord à se rendre chez Évrault; mais connaissant ses relations avec Foulques, et le peu de garantie que lui offrait son caractère, elle n'ôsa pas s'y risquer. Enfin elle se décida à sortir provisoirement de la ville, pour chercher un asile dans quelque abbaye, où elle se tiendrait cachée jusqu'à ce qu'elle put se procurer les moyens de quitter sûrement les domaines de Foulques-Réchin. Plus tranquille après cette détermination, elle retrouva quelque force, et, passant un bras sous la taille d'Adélaïs, elle l'embrassa affectueusement pour reconnaître l'intérêt que celle-ci lui témoignait.

— Chère petite, tes appréhensions sont mal-

heureusement confirmées, je vais fuir je ne sais
où, chercher quelque part un refuge. Je ne veux
pas que tu partages mon infortune, c'est assez
d'une à souffrir. Tes parens sont ici, va les rejoindre, mon enfant; de meilleurs jours viendront,
peut-être, nous nous reverrons alors.

— O Madame, dit Adélaïs avec des larmes
dans la voix, avez-vous pensé que je vous aban-
donnerais! Combien peu je serais digne de votre
affection si je choisissais un pareil moment pour
le faire. Non, laissez-moi vous suivre, quand trou-
verai-je jamais une autre occasion de vous prouver mon dévouement.

— Bon ange, dit Bertrade avec sensibilité, que
ne puis-je t'offrir le bonheur dont tu es digne, au
lieu de t'entraîner dans les malheurs qui me menacent.

— Ils auront un terme, Madame.

— De ta bouche innocente j'en reçois le présage. Eh bien, ma chérie, partons.

Elles sortirent de l'impasse et traversèrent la
ville, en choisissant les rues les moins fréquen-
tées pour arriver à l'une des portes. La reine enveloppée avec soin dans sa mante, espérait s'é-

20

chapper sans être reconnue, quand, en approchant
du rempart, elle vit un groupe d'habitans de la
campagne arrêté d'un air de consternation devant
la porte fermée.

Bertrade comprit aussitôt la cause de cette mesure inusitée à pareille heure. Craignant que son
signalement n'eût été donné aux soudards, elle
rebroussa chemin en toute hâte, et se jeta dans
une rue latérale pour se soustraire à leurs yeux.
Elle marcha quelque temps sans but, sans réflexion, allant toujours devant elle, comme si elle
eût fui ainsi les infortunes qu'elle prévoyait, et
dont la malheureuse était par avance accablée.

La pluie qui menaçait depuis leur sortie de
l'impasse, vint à tomber avec force. Bertrade ne
s'en aperçut pas, elle continuait de courir sans
rien remarquer autour d'elle, et se laissa conduire
par sa jeune compagne dans une église ouverte
qui se trouva sur leur passage. Là, elle tomba sur
un banc, cacha sa figure dans ses mains, et san-
glota amèrement. Cette faiblesse dura peu. Bertrade possédait une de ces âmes énergiques que
le malheur grandit et le danger anime ; elle essuya
ses pleurs et voulut réfléchir froidement ; mais

bien que nul signe extérieur ne décelât ses sentimens, ses traits mornes et abattus révélaient
assez que si l'expression de sa douleur était changée, le fond n'en subsistait pas moins.

Elle demeura longtemps dans cet état de con-
centration pénible, cherchant un moyen d'échapper à Foulques-Réchin, et n'en trouvant aucun
qui fut réalisable.

Le lâche abandon de l'évêque, la plaçait dans
une position critique, si nouvelle et si imprévue,
qu'elle la trouvait peut-être plus insupportable
que le malheur même qu'elle fuyait. Ainsi, la noble Bertrade, la fille du comte de Montfort, l'é-
pouse de Philippe de France, était sans gîte, sans
abri, dans cette ville où naguère elle avait régné;
réduite à envier une place dans la plus humble
chaumière, elle qui avait dédaigné le palais du
comte d'Anjou. Plus misérable en ce moment que
le dernier des manans de son royaume, elle n'ô-
sait pas même implorer un asile de la charité, de
peur qu'on ne reconnut en elle la femme criminelle et excommuniée.

— Mon Dieu que vais-je devenir ! dit-elle du
fond de son cœur ; Adélaïs, on va bientôt nous ren-

voyer de cette église quand on en fermera les
portes. Que faire alors, où passerons-nous la nuit ?
Mon amie, conseille-moi, ma pauvre tête est égarée ! — Oh, si je pouvais seulement consulter
mon chiromancien, cet habile Josselin, à qui
rien n'est caché ; il me dirait ce que je dois espérer ou craindre, il me guiderait d'une main sûre
dans les ténèbres qui m'entourent.

— Madame, c'est à coup sûr la benoite Vierge
qui vous suggère cette pensée, reprit Adélaïs, dont
la figure triste brilla d'une lueur d'espoir ; oh oui,
ce chiromancien pourrait vous sauver, Madame;
il vous paraît si attaché.

— Tu t'en es aperçue, mignonne, dit la reine
avec un sourire ; mais où le voir ? comment le
consulter ? Oh, si mon fidèle Trouvère n'était pas
absent aujourd'hui ! Tout me manque à la fois.

— J'ai trouvé le moyen, Madame, s'écria la
jeune fille ; vous souvenez-vous de Thomasse ?

— Thomasse ! répéta la reine, que veux-tu dire
ma chère fille ?

— L'une des femmes attachées à votre service
du temps que vous étiez...

— A Angers ; je me souviens d'elle, maintenant.

— Eh bien, Madame, elle demeure précisément
dans la rue où loge le chiromancien. Hier, quand
nous y sommes passées, je l'ai vue à sa fenêtre.

— Ne te serais-tu pas trompée ?

— Madame, et sa tache de vin qui lui couvre
toute la joue?

— Oui, elle est bien reconnaissable.

Bertrade réfléchit quelque temps, et se levant
d'un air de résolution :

— Adélaïs, allons chez elle, nous y ferons venir Josselin.

Elles traversèrent l'église et gagnèrent une
porte latérale. Bertrade, en passant devant une
chapelle, aperçut l'ombre d'un homme se dessiner sur le pavé ; elle tourna la tête, et dans son
appréhension, elle crut reconnaître le fils de
Foulques-Réchin. Elle hâta le pas. Rendue à la
porte, elle se détourna de nouveau, mais ne le
voyant plus, elle pensa qu'elle s'était trompée, et
se cachant dans sa mante, elle suivit Adélaïs.